大学的最后一课

何清湖 陈 洪 编

有一种声音，来自大师，百年不绝
有一种熏陶，来自大学，经年不散

中国中医药出版社
·北 京·

图书在版编目（CIP）数据

大学的最后一课 / 何清湖，陈洪编 . —北京：中国中医
药出版社，2014.4（2019.11 重印）

ISBN 978-7-5132-1861-0

Ⅰ . ①大… Ⅱ . ①何… ②陈… Ⅲ . ①人生哲学—
青年读物 Ⅳ . ① B821-49

中国版本图书馆 CIP 数据核字（2014）第 051685 号

中 国 中 医 药 出 版 社 出 版

北京经济技术开发区科创十三街 31 号院二区 8 号楼

邮政编码 100176

传真 010 64405750

廊坊市晶艺印务有限公司印刷

各地新华书店经销

*

开本 880×1230 1/32 印张 8.125 字数 175 千字

2014 年 4 月第 1 版 2019 年 11 月第 3 次印刷

书号 ISBN 978-7-5132-1861-0

*

定价 38.00 元

网址 www.cptcm.com

前 言
PREFACE

　　"教师是人类灵魂的工程师"，教育无疑是一项伟大的事业，也无疑是一项艰难的工作。笔者从事中医药高等教育工作二十余年，一直坚信教育事业是崇高的，教育之成败事关民族之兴衰。忆及教育界的众位前辈：蔡元培，开启北大百年自由学术之风尚；张伯苓，造就南开学校精英人才培养之盛举；梅贻琦"身教重于言教"及"所谓大学者，非谓有大楼之谓也，有大师之谓也"的教育名言一直为世人所推崇……每每忆及大师，心中泛起的不仅仅是感佩，更多的是责任与反思。置身于大学，每天面对熙熙攘攘的学生，我的内心总是禁不住叩问：他们从哪里来？将要到哪里去？大学的星空如何照亮他们的心灵，守护他们的理想，让他们成为人类文明和谐进步的向往者、追求者、创造者？我们的大学，还有我们自身，又该如何努力成为学生心中值得仰望的星空？

　　《大学》曰："大学之道，在明明德，在亲民，在止于至善。"它表明了大学至少应该帮助学生完成以下三个层面的进步。

一是道德层面做到"明德"。大学是各种学科传播高等专业知识的场所，然而比起传播知识更重要的是弘扬道德。在社会上人与人交往讲品质、讲信用、讲德行，具体到各个行业有着行业内部的职业道德、职业操守。在大学里学生们掌握到了较高级的知识，学会了更为优秀的思维方式，如果不具备道德，就极有可能严重地危害社会、伤害行业。大学不只是弘扬学生们应当具备的基本道德，同时也应该让学生们拥有"为天地立心，为百姓立命，为往圣继绝学"的光明正大的道德，这样才能让学生在毕业后最大限度地发挥作用、服务社会。

二是知识层面做到"亲民"。"亲"应作"新"解，即革新、弃旧、图新。亲民，也就是新民，使人弃旧图新。学生在大学阶段的学习将会和过去产生极大的不同，学习内容和思维方法都将变化。大学的作用在于最大限度地激发学生独立思考的能力，在于激励学生掌握知识后勇于开拓创新，在于传授学生专业中更为优秀的思维方式。只有这样，学生才能脱胎换骨、弃旧从新，才称得上是接受过高等教育。

三是完善学生层面做到"止于至善"。大学院校除了基本的学位课程以外，还有着丰富的活动、精彩的讲座等等，即囊括了多种形式、多方面内容的课外安排。以学生为中心，以学生为本，让学生在大学几年中学习培养政治、思想、心理、身体、人文和科学等素质，培养除专业以外，分析解决问题、语言、交际等能力，尤其要善于把知识转化为能力。

最大限度地完善学生们的知识结构，最大限度地发掘其潜能，让学生认识、了解并参与到书本以外的世界，对于完善学生的人格、学识将起到积极作用。

如果一所大学，在教育教学中做到了"明德""亲民""止于至善"，那么高等教育的核心价值就会得到充分的实践和体现。毕业典礼作为大学的"最后一课"，承担着引导、鼓舞青年学子开启始业、服务社会的重任，更是传承大学传统、发扬大师精神、弘扬教育价值的重要时刻。值得欣喜的是，近年来笔者拜读多位大学校长、专家学者在毕业典礼上的精彩致辞，感觉到越来越多的现代教育家继承了胡适、蔡元培、梅贻琦等近代大师的优秀传统，将传道、授业、解惑的使命延伸到了毕业典礼的现场。由此，我产生了一种强烈的责任感，觉得非常有必要让更多的青年学子从这些精彩演讲中汲取知识、感受力量、净化品格、惠泽人生。于是，便促成了主编《大学的最后一课》的想法。

《大学的最后一课》精心收集、整理了民国以来中国大学校长、专家学者在毕业典礼上广为传颂的精彩致辞。这些致辞感情真挚、观点独特、思想深刻、反响强烈，既有桃李情深的脉脉祝福，又有立德修业的谆谆教导，更有治学理政的殷殷嘱托，乃至国运民生的拳拳企盼。藉此予以结集出版，作为送给毕业生的礼物，希望能够成为他们人生道路上的智慧行囊。

著名教育家陶行知先生说过："先生之最大的快乐，是创造出值得自己崇拜的学生。"谨此祝福诸位先生，丰享"得天下英才而教之"的乐趣和幸福；祝福诸位学子，成为让你的先生欣慰、让你的母校骄傲的国之栋梁，乃至民之福祉。

何清湖

2014 年 3 月

目 录
CONTENTS

上篇　回声嘹亮
——大师的馈赠

> 望各立尔志，急图自新。志不必尽同，亦不必尽信人言；一己所得，未必便合人意，人云亦云，殊非立身之道。

> 须知吾人欲成学问，当为第一等学问；欲成事业，当为第一等事业；欲成人才，当为第一等人才。而欲成第一等学问、事业、人才，必先砥砺第一等品行。

> 有好教职员而不肯受其指导，或吹毛求疵，杂以他种受人利用之胡闹，则无益。有完全之设备而不肯实验、不肯读书，则等于虚设。有极好之环境而自造恶习，或伺隙而投身于恶环境，则仍不免堕落。

必须在社会上服务，经过相当的岁月，得了相当的经验，你们的教育才算完成。所以现在也可以说，是你们理论教育完毕，实际经验开始的时候。

"堂堂的一个人"若只知道"仰足以事父母，俯足以蓄妻子"，或只知道自得其乐，那是没多大意义的。至于低徊留连于不能倒流的年光，更是白费工夫。他在大学里造成了自己，这时候该活泼泼地跳进社会里去，施展起他的身手。

下篇　凤凰花开
——母校的行囊

我们每个人都有三个母亲：一个是生育你的妈妈，另一个是教育你的学校，再一个是培育你的祖国。我们没有选择母亲的自由，我们只有为母亲奉献的义务。

　　成功并不必定同幸福相联系，所谓的不成功也未必等于不幸福。因此，在你们离开校园之际，你们不仅要树立自己的雄心，更必须界定自己的成功。

　　希望大家在做出自己一生中的这次重大选择时，眼光要看远些，视野要开阔些，不要盲目赶潮流。人生最好的机遇往往是在别人还未重视的地方。

　　常以"公德""他人"为念，以诚信为则，订定人生目标，探索生命奥义，你们必将获得最心安理得、最温暖美好的人生；你们也必将为自己及下一代创造一个更健康、更进步、更幸福的社会。

　　初出茅庐，只身行走，有一种素质至为重要，这种素质，我把它叫做定力。定力是处变不惊，是随遇而安，是洁身自好，是锲而不舍。期盼各位在漫长的人生旅途上，定力如磐而行走无疆。

我认为自信是一个人最重要、最可贵的正常心态，或者说最重要的人生态度。只有自信的人，才能正确地看待自己，也正确地看待他人，才能在社会上找到自己的合适位置，与整个世界和谐地相处。

你们轻轻地一挥衣袖，最终带走两张纸。社会最终要靠实力和能力说话，所以又不仅仅只要纸。就提醒大家出去后努力做到：眼里有纸，心中无纸。如果不能多纸护身，宁肯追求无纸胜有纸。

作为新时期的优秀青年人才，我们在注重"才"的同时，更应把这份"忠诚"化为我们的高贵品格和人生操守，不懈追求。希望同学们不仅要对国家忠诚，还要对你们所从事的事业忠诚，对你们的家庭、朋友、同事忠诚。

你们更需要的是不唯众、不跟风，不在意在普通的道路上是否比别人走得更快，而是具有从容地行走在无人知晓的荒原上的勇气。因为只有这样，你们才能看到别人看不到的风景。

在这个世界上，真正能够把握我们心灵的，只有自己；健康、快乐、成功、幸福与否，很大程度上都取决于我们是否具有积极的心态。从今天开始，用积极的心态点亮自己的未来！

归宿。只有当文凭蕴含了更为重要的价值，才会成为你们内心的骄傲，从而引领你们今后的人生追求。

我所担心的恰恰是你们急于成功，以致于你们每天都忙忙碌碌，没有时间感受生活的细节和美好，甚至都没有时间抬头仰望一下星空。其实，成功并不等于幸福，急于成功反而是快乐杀手。

我在与你们同龄的时候，多次拒绝放弃理想以换取"无发展空间"的眼前安逸。我一直深信，如果世界上有任何"成功秘方"，其中最关键的元素必定是你对成功的渴求远远大于对失败的恐惧。

在你们走向社会之际，我想说的只是，请看护好你曾经的激情和理想。在这个怀疑的时代我们更需要信仰。选择坚守、选择理想、选择倾听内心的呼唤，才能拥有最饱满的人生。

要守"商德",从政的要守"政德"。这是关乎我们身家性命的"底线"。

生活是一本精采的书，别人的注释代替不了自己的理解，它需要每一个人自己去经历。希望同学们能以思考立身，在不完美之中寻求创造，在磨难中去体验有价值的人生。

我们应该学会用积极的心态去面对这个仍不完美的世界。应该在面对选择的时候，努力去倾听自己内心的声音，努力去守护自己的理想，努力有所作为并坚持有所不为。

荣誉是在人们心中的地位，而非随岁月流逝会生锈的虚荣。放弃荣誉，就是放弃脸面。请看护好你们的激情和理想，在物质和财富不断积累的时候，不要忘了让道德和荣誉与之并肩。

做事创业先做人，而为人当仁。平日谦虚谨慎、低调务实，做事严肃认真、爱岗敬业，待人真心实意、忠厚守信。这是受普遍认可的良好品德，也是做事创业的本钱和根基。

附　录

上篇
回声嘹亮
——大师的馈赠

教育意味着

一棵树摇动另一棵树，

一朵云推动另一朵云，

一个灵魂唤醒另一个灵魂。①

不知道鲜花何时已盛开，

朝阳何时已升起，

只要大师的声音存在，

教化与育化便在悄然中进行。

注：①出自德国存在主义哲学家卡尔·雅斯贝尔斯《什么是教育》。

望各立尔志，急图自新。志不必尽同，亦不必尽信人言；一己所得，未必便合人意，人云亦云，殊非立身之道。

今日正诸生立志之时

（1917年1月10日）

张伯苓
南开学校校长

今日为时甚促，不获与毕业诸生作竟日谈，惟临别赠言，贵精不贵多。且平时每星期三之修身班演讲，诸生苟能悉记不忘，便已为益宏多，然在今日喋喋也。诸生居此四年，明岁虽仍有留校不去者，然究竟非全数。一旦分离升转他校，或置身社会，总宜先立定宗旨。盖青年人平日埋首学校，所练习所得者，均为养吾身心、长吾志气之具，出而遇风波险阻，恃吾心志以抵触之。正道所在，他非计也。非然者随波逐流，图暂时之苟活，失一生之人格，则生命何足贵哉！且夫今日正诸生立志之时，无论各具何长，要皆能发扬昌大，以备国家干城之选。设无志者也，则飘萍靡定终无所成，与禽兽何异？舟之浮海，行必有方，使无准的，达岸何时？如今日国家者，岂非失向而孤舟颠簸（原文为颠波）于狂风巨浪中耶！诸生果如此舟，则莫如投之海洋以自沉，使尚欲有为于国中也。望各立尔志，急图自新。志不必尽同，亦不必尽信人言；一己所得，未必便合人意，人云亦云，殊非立身之道。盖人贵有价值者，一己之决断力耳。今日毕业，正中学学业之结束期，非学便于此止也。出而问世，不可浪用，不可放用，不可乱用，深求专学，尤望不可自萎。临别忠言，语短情长，听之择之，是在诸生矣。

（本文原为"校长训词"，由周恩来笔录）

须知吾人欲成学问，当为第一等学问；欲成事业，当为第一等事业；欲成人才，当为第一等人才。而欲成第一等学问、事业、人才，必先砥砺第一等品行。

在第三十届毕业典礼上的训辞

（1930年）

唐文治
上海交通大学校长

今日为本校庚午级诸同学毕业之期。承校长盛意殷拳，一再函招鄙人到校演讲。鄙人从前忝长本校，历十四年，现在离校已届十年。甚愿与诸同学讨论一堂，藉尽切磋之谊。忆鄙人十年以前见美国教育家孟禄、塞娄两博士，均殷勤相告，谓中国最要者在造就领袖人才。后访他国教育家，亦多持此论。故鄙人办学时，不自量力，常欲造就领袖人才，分播吾国，作为模范。区区宏愿，尝欲兴办实业，自东三省起点，迤北环内外蒙古，至天山南北路，迤西迄青海，以达西藏，藉作十八省一大椅背。而南方商业，则拟推广至南洋各岛，固我门户屏藩。故三十余年前，鄙人曾在北平创办高等

实业学堂，追回沪后办理本校，并在吴淞创办商船学校，此
志未尝稍懈。

无如吾国风气，徒知空谈学理，不能实事求是，以致程
度日益低落。即如电汽、火车、轮船各项，仅有驾驶装置之
才，其能制造机器、自出新裁者，寥寥无几。日日言提倡国
货，试问国货能否制造？日日言抵制洋货，试问洋货能否抵
制？各校学生，不过欲得一纸文凭，以图荣宠，绝不闻有奇
才异能，可以效用于当世。鄙人数十年来私愿，日居月诸，
胡迭而微，言之可为痛心。谨进数言，为我毕业诸同学勖，
更为我未毕业之同学勉。

须知吾人欲成学问，当为第一等学问；欲成事业，当为
第一等事业；欲成人才，当为第一等人才。而欲成第一等学
问、事业、人才，必先砥砺第一等品行。《论语·子罕》篇
详言学问之道，勉人以岁寒松柏，而继之以知（智）者不惑，
仁者不忧，勇者不惧。《中庸》又以知（智）、仁、勇三者为
天下之达德。然鄙人以为仁不本于宏毅，不足以为仁；智不
归于深，勇不归于沉，不足以为智勇。何以言之？仁者万物
一体之无间于人己，所谓民胞物与是也。圣人以天下为一家，
中国为一人，方为世界上第一等人。然此诣诚不易致。吾人
在学校中，莫如先以一校为一家，为一人。诸同学在校，对
于校长，如心腹也，对于各教授、职员，如手足也。是一校
一团体也。此之谓仁。推而至于一乡、一邑、一省、一国，
犹之一校也。一皆团体也。己欲自立，亦欲立人；己欲发达，
亦欲达人。推其中和之德。忠恕之道，安有乖戾之气、愤激
之情？此之谓至仁。近世豪杰之士，莫不尚勇。然须知孔子
曰："知耻近乎勇。"何以能知耻，其研究之法安在？则当以

孟子为法。孟子曰："不耻不若人，何若人有？"又曰："无耻之耻，无耻矣。"我学问不若人，事业不若人，可耻孰甚于此！而不知耻，是谓无耻。昔者越勾践困于会稽，乞怜于吴夫差，耻也。厥后十年生聚，十年教训，二十年而卒以沼吴。知耻近乎勇者也。然要知勾践实奉教于子贡。子贡之言曰："无报人之志，而令人疑之，拙也；有报人之志，使人知之，殆也。"我今日有报人之志乎？抑或有报人之志，而使人知之乎？设使勾践日号召于众曰："我卧薪也！我尝胆也！"则早已为夫差所灭矣。是以智不深、勇不沉者，不足以为大智大勇，适足以招祸而已。故智与勇实互相为用，而智尤为难。欲求智于功夫，须先练习知觉。伊尹曰"先知先觉"，孟子曰"良知"，明·王阳明先生曰"致良知"。惟致其良知而后能先知先觉。人之知觉贵灵警而忌钝滞，贵虚明正大而忌邪暗。苟其本心皆为声色货利机械变诈所汩没，岂能先知先觉？统一国之民皆系不良之知觉，而知觉全落于人后，试问能立国于世界乎？孟子曰："孩提之童，无不知爱其亲者，及其长也，无不知敬其兄也。"此所以陶淑其知觉，而使之归于善良也。孔子曰"百世可知"，子贡曰"闻一知十"，此皆练习其良知，而使之归于有用也。盖凡人有事前之良知，有临时之良知，有事后之良知。其用充乎宇宙，而其本要在于涵养。孟子曰："动心忍性，增益其所不能。"即练习良知之法也。夫如是乃可以当大任，乃可以谓之大智。鄙人属望今日座中诸同学，必有大智、大仁、大勇之人，由英雄豪杰而进于圣贤，他日出而宏济艰难，救我中国，是本校校长、诸同人与鄙人所馨香祷祝者也。

唐文治　上海交通大学校长

在第三十届毕业典礼上的训辞

（交通大学是今上海交通大学和西安交通大学前身）

有好教职员而不肯受其指导，或吹毛求疵，杂以他种受人利用之胡闹，则无益。有完全之设备而不肯实验、不肯读书，则等于虚设。有极好之环境而自造恶习，或伺隙而投身于恶环境，则仍不免堕落。

大学生之被助与自助
——在武汉大学第一届毕业典礼上的演说要点
（1932 年 5 月 24 日）

蔡元培
时任中央研究院院长

🎤

学生本在被助时期，然不注意自助，则辜负被助，而他年后悔无及。

被助方面：教职员、设备、环境。

德、法大学特点：放任，纯粹为提高学术，不求人人成功。

英、美大学特点：干涉，兼长品性，希望人人受益。

武汉大学兼容两方长处，学生当非常满足，但自助方面尤不可忽。

有好教职员而不肯受其指导，或吹毛求疵，杂以他种受人利用之胡闹，则无益。避考试。法科大学之欢迎兼职者及官吏（北京大学，中山大学）。

有完全之设备而不肯实验、不肯读书，则等于虚设。

有极好之环境而自造恶习，或伺隙而投身于恶环境，则仍不免堕落。

苟真能自助，则虽被助方面不能满足，而亦可补充，故自助实较被助为要。

将来武汉大学之荣誉，绝不仅在教职员，而尤在学生。

（演说要点手稿系用中央研究院道林纸便条一张，以钢笔书写）

附：同题异文

这次来武大参观，接汪院长来电，嘱代表其参加新校舍落成典礼。中国自周代即设学宫，直至清末，始有新式大学，张之洞在鄂，曾倡办两湖书院，极有成绩，后来渐次改进。中华民国6年，教育部在北平、南京、广州、汉口等五处分设国立大学，因为政治变迁，随时改变内容。最近中央命王校长来办武大——理想的大学。兄弟以为上大学的目的有二：一为研究学问；二为培养人格。欧洲大学多有偏重，例如大陆派大学，如德、法两国，大学概取放任，认定大学生应自知注重学问；而英、美则不然，尤其是英国，如剑桥、牛津两大学，则特别注重人格之陶冶，对于学生一举一动随时加以深刻注意，学生言语行动，须绅士化，出外一律须着制服，教职员常常出外监督学生行动，使学生绝对养成高尚之人格。此外，如英国之大学，均注重体育，运动竞赛，全国注目，于运动中养成公德，虽因竞争而失败，亦所甘心。如果在运动时，侥幸取胜，或者作弊取胜，大家觉得是最羞耻的一件事。中国办大学，过去多注重于学问方面，故多采取大陆派，及后渐渐觉悟，采学问与人格并重。盖学问方面，其要点在设备之完善，如标本、仪器、图书之充足，教员之能指导学生，提起其兴趣，而使其养成伟大之人格、尚足之习惯，尤为重要。故吾人大学教育，应学问与人格并重。三十年来，中国有新式之大学后，全国大学总计约百数十所，多因过去历史关系，虽时时改革，总不如武大之与旧历史一刀截断重新创造之痛快。且武汉为水陆中心，地理位置在全国很重要，应该建一所科学的美化的大学，现在校中又注重卫生及新村之建设，将来一定有很好成绩。不过大学区——学村内，无论什么事，都应该受校方支配，照英国牛津、剑桥两大学办法，无论建筑及一切设备，均须依照大学的设计而行，否则即不"和谐"。至现在，武大的建设，一半已经完成，将来的建筑和设备经费，中央认为应该要用的，总可想法拨给；希望地方当局亦秉初旨，尽量协助云云。

（据 1932 年 5 月 27 日《武汉日报》）

必须自己能够不受人惑，方才可以希望指引别人不受人诱。
没有证据，只可悬而不断；证据不够，只可假设，不可武断；
必须等到证实之后，方才可以算作定论。

怎样才能不受人惑
——给北京大学哲学系毕业生的临别赠言
（1931年）

胡　适
时任北京大学文学院院长

一所大学里，哲学系应该是最不时髦的一系，人数应该最少。但北大的哲学系向来有不少的学生，这是我常常诧异的事。我常常想，这许多学生，毕业之后，应该做些什么事？能够做些什么事？现在你们都快毕业了。你们自然也在想："我们应该做些什么？我们能够做些什么？"

依我的愚见，哲学系教学的目的应该不是叫你们死读哲学书，也不是教你们接受某派某人的哲学。禅宗有个和尚曾说："达摩东来，只是要寻求一个不受人惑的人。"我想借用这句话来说："哲学教授的目的也只是要造就几个不受人惑的人。"

你们应该做些什么？你们应该努力做个不受人惑的人。

你们能做个不受人惑的人吗？这个全凭你们自己的努力。如果你们不敢十分自信，我这里有一件小小的法宝，送给你们带去作一件防身的工具。这件法宝只有四个字："拿证据来！"这里还有一只小小的锦囊，装作这件小小法宝的用法："没有证据，只可悬而不断；证据不够，只可假设，不可武断；必须等到证实之后，方才可以算作定论。"

必须自己能够不受人惑，方才可以希望指引别人不受人诱。

朋友们，大家珍重！

天下没有白费的努力。我们要收将来的善果，必须努力种现在的新因。一粒一粒的种，必有满仓满屋的收，这是我们今日应该有的信心。

天下没有白费的努力
——赠与今年的大学毕业生

（1932 年 6 月 27 日）

胡　适
时任北京大学文学院院长

这一两个星期里，各地的大学都有毕业的班次，都有很多的毕业生离开学校去开始他们的成人事业。学生的生活是一种享有特殊优待的生活，不妨幼稚一点，不妨吵吵闹闹，社会都能纵容他们，不肯严格地要他们负责任。现在他们要用自己的肩膀来挑他们自己的担子了。在这个困难的年头，他们的担子真不轻！我们祝他们成功，同时也不忍不依据我们自己的经验，赠与他们几句送行的赠言，虽未必是救命毫毛，或许能作个防身的锦囊吧！

你们毕业之后，可走的路不出这几条：绝少数的人还可以在国内或国外的研究院继续做学术研究；少数的人可以寻着相当的职业；还有做官、办党、革命三条路；此外就是在家

13

享福或者失业闲居了。第一条继续求学之路，我们可以不讨论。走其余几条路的人，都不能没有堕落的危险。人生的道路上满是陷阱，堕落的方式很多，总括起来，约有这两大类：

第一是容易抛弃学生时代的求知识的欲望。你们到了实际社会里，往往所用非所学，往往所学全无用处，往往可以完全用不着学问而一样可以胡乱混饭吃、混官做。在这种环境里，即使向来抱有求知识学问的决心的人，也不免心灰意懒，让求知的欲望渐渐冷淡下去。况且做学问是要有相当的设备的：书籍、实验室、师友的切磋指导、闲暇的工夫，都不是一个平常要养家糊口的人所能容易办到的。没有做学问的环境，又有谁能怪我们抛弃学问呢？此段讲社会往往不能给我们做学问的环境。

第二是容易抛弃学生时代的理想人生的追求。少年人初次与冷酷的社会接触，容易感觉理想与事实相去太远，容易产生悲观和失望。多年怀抱的人生理想、改造的热诚、奋斗的勇气，到此时候，好像全不是那么一回事。渺小的个人在那强烈的社会炉火里，往往经不起长时期的烤炼就熔化了，一点高尚的理想不久就幻灭了。抱着改造社会的梦想而来，往往是弃甲曳兵而走，或者做了恶势力的俘虏。你在那俘虏牢狱里，回想那少年气壮时代的种种理想主义，好像都成了自误误人的迷梦！从此以后，你就甘心放弃理想人生的追求，甘心做现成社会的顺民了。此段讲理想容易幻灭，人便甘心为现实奴役。

要防御这两方面的堕落，一面要保持我们求知识的欲望，一面要保持我们对于理想人生的追求。有什么好法子呢？依我个人的观察和经验，有三种防身的药方是值得一试的。

第一个方子只有一句话："总得时时寻一两个值得研究的问题！"问题是知识学问的老祖宗；古今来一切知识的产生与积聚，都是因为要解答问题，要解答实用上的困难或理论上的疑难。所以梁漱溟先生自认是"问题中人"而非"学术中人"，所谓"为知识而求知识"，其实也只是一种好奇心，追求某种问题的解答，不过因为那种问题的性质不必是直接应用的，人们就觉得这是"无所为"的求知识了。我们出学校之后，离开了做学问的环境，如果没有一个两个值得解答的疑难问题在脑子里盘旋，就很难继续保持追求学问的热心。可惜当时青年人最大的问题是养家糊口，生存都是难题，遑论其他？可是，如果你有了一个真有趣的问题天天逗你去想它，天天引诱你去解决它，天天对你挑衅笑你无可奈何它。这时候，你就会同恋爱一个女子发了疯一样，坐也坐不下，睡也睡不安，没工夫也得偷出工夫去陪她，没钱也得撙衣节食去巴结她。没有书，你自会变卖家私去买书；没有仪器，你自会典押衣服去置办仪器；没有师友，你自会不远千里去寻师访友。只要能时时有疑难问题来逼你用脑子，你自然会保持、发展你对学问的兴趣，即使在最贫乏的智识环境中，你也会慢慢地聚起一个小图书馆来，或者设置起一所小实验室来。所以我说：第一要寻问题。脑子里没有问题之日，就是你的智识生活寿终正寝之时！古人说："待文王而兴者，凡民也。若夫豪杰之士，虽无文王犹兴。"试想葛理略（Galileo）和牛敦（Newton）有多少藏书？有多少仪器？他们不过是有问题而已。有了问题而后，他们自会造出仪器来解答他们的问题。没有问题的人们，关在图书馆里也不会用书，锁在实验室里也不会有什么发现。

胡　适　时任北京大学文学院院长

天下没有白费的努力

第二个方子也只有一句话："总得多发展一点非职业的兴趣。"所从事的职业往往并不能满足个人的志向，如果这份职业既轻松又赚钱，那么胡适的建议倒也不错。但当时的情况是"毕业即失业"，职业尚无，哪里能有"非职业的兴趣"？离开学校之后，大家总得寻个吃饭的职业。可是你寻得的职业未必是你所学的，或者未必是你所心喜的，或者是你所学而实在和你的性情不相近的。在这种状况之下，工作就往往成了苦工，就不感兴趣了。为糊口而做那种"非性之所近而力之所能勉"的工作，就很难保持求知的兴趣和生活的思想主义。最好的救济方法只有多多发展职业以外的正当兴趣与活动。一个人应该有他的职业，又应该有他的非职业的玩意儿，可以叫做业余活动。凡一个人用他的闲暇时间来做的事业，都是他的业余活动。往往他的业余活动比他的职业还更重要，因为一个人的前程往往全靠他怎样用他的闲暇时间。你用你的闲暇时间来打麻将，你就成个赌徒；你用你的闲暇时间来做社会服务，你也许成个社会改革者；或者你用你的闲暇时间去研究历史，你也许成个史学家。你的闲暇时间往往定你的终身。英国19世纪的两个哲人，弥儿（J.S.Mill）终身做东印度公司的秘书，然而他的业余工作使他在哲学上、经济学上、政治思想史上都占一个很高的位置；斯宾塞（Spencer）是一个测量工程师，然而他的业余工作使他成为上世纪晚期世界思想界的一个重镇。古来成大学问的人，几乎没有一个不是善用他的闲暇时间的。特别在这个组织不健全的中国社会，职业不容易适合我们的性情，我们要想生活不苦痛或不堕落，只有多方发展业余的兴趣，使我们的精神有所寄托，使我们的剩余精力有所施展。有了这种心爱的玩意儿，你就是做六个钟头的抹桌子工夫也不会感觉烦闷了，因为你知道，抹了六个钟头的桌子之后，你可以回家去做你的化学研究，或画完你的大幅山水，或写你的小说、戏曲，或继续你的历史考据，或做你的社会改革事业。你有了这种称心如意的活动，生活就不枯寂了，精神也就不会烦闷了。

第三个方子也只有一句话："你总得有一点信心。"我们生当这个不幸的时代，眼中所见，耳中所闻，无非是叫我们悲观失望的。特别是在这个年头毕业的你们，眼见自己的国家、民族沉沦到这步田地，眼看世界只是强权的世界，望及天边好像看不见一线的光明。在这个年头不发狂自杀，已算是万幸了，怎么还能够希望保持一点内心的镇定和理想的信任呢？我要对你们说：这时候正是我们要培养我们的信心的时候！只要我们有信心，我们就还有救。古人说："信心可以移山。"又说："只要工夫深，生铁磨成绣花针。"你不信吗？

当拿破仑的军队征服普鲁士占据柏林的时候，有一位穷教授叫做菲希特（Fichte）（今通译"费希特"，社科院哲学所梁志学先生译有《费希特选集》（已出至第五卷）），天天在讲堂上劝他的国人要有信心，要信仰他们的民族是有世界的特殊使命的，是必定要复兴的。菲希特死的时候（1814），谁也不能预料德意志统一帝国何时可以实现。然而不满五十年，新的统一的德意志帝国居然实现了。

一个国家的强弱盛衰，都不是偶然的，都不能逃出因果的铁律的。我们今日所受的苦痛和耻辱，都只是过去种种恶因种下的恶果。我们要收将来的善果，必须努力种现在的新因。一粒一粒的种，必有满仓满屋的收，这是我们今日应该有的信心。一分耕耘，一分收获，这是初涉人世的青年都有的想法，但现实往往是劳而无获，因此理想也就丧失，心灵也就麻木了。

我们要深信：今日的失败，都由于过去的不努力。

我们要深信：今日的努力，必定有将来的大收成。

佛典里有一句话："福不唐捐。"唐捐就是白白地丢了。我们也应该说："功不唐捐！"没有一点努力是会白白地丢了的。在我们看不见想不到的时候，在我们看不见想不到的方向，你瞧！你种下的种子早已生根发叶开花结果了！

你不信吗？法国被普鲁士打败之后，割了两省地，赔了五十万万佛郎的赔款。这时候有一位刻苦的科学家巴斯德（Pasteur）终日埋头在他的实验室里做他的化学实验和微菌学研究。他是一个最爱国的人，然而他深信只有科学可以救国。他用一生的精力证明了三个科学问题：①每一种发酵作用都是由于一种微菌的发展；②每一种传染病都是由于一种微菌在生物体中的发展；③传染病的微菌，在特殊的培养之下，可以减轻毒力，使它从病菌变成防病的药苗。这三个问题，在表面上似乎都和救国大事业没有多大的关系。然而从第一个问题的证明，巴斯德定出做醋酿酒的新法，使全国的酒醋业每年减除极大的损失。从第二个问题的证明，巴斯德教全国的蚕丝业怎样选种防病，教全国的畜牧农家怎样防止牛羊瘟疫，又教全世界的医学界怎样注重消毒以减除外科手术的死亡率。从第三个问题的证明，巴斯德发明了牲畜的脾热瘟的疗治药苗，每年替法国农家减除了二千万佛郎的大损失；又发明了疯狗咬毒的治疗法，救济了无数的生命。所以英国的科学家赫胥黎（Huxley）在皇家学会里称颂巴斯德的功绩道："法国给了德国五十万万佛郎的赔款，巴斯德先生一个人研究科学的成绩足够还清这一笔赔款了。"

巴斯德对于科学有绝大的信心，所以他在国家蒙受奇辱大难的时候，终不肯抛弃他的显微镜与实验室。他绝没想到他的显微镜底下能偿还五十万万佛郎的赔款，然而在他看不见想不到的时候，他已收获了科学救国的奇迹了。

朋友们，在你最悲观最失望的时候，那正是你必须鼓起坚强的信心的时候。你要深信：天下没有白费的努力。成功不必在我，而功力必不唐捐。能够永远有这样的信心，自然也是好的。

（初载于 1932 年 7 月 3 日《独立评论》）

胡　适　时任北京大学文学院院长

天下没有白费的努力

第一个方子是："总得时时寻一两个值得研究的问题。"第二个方子是："总得多发展一点业余的兴趣。"第三个方子是："总得有一点信心。"第四个方子："你得先自己反省，不可专责备别人，更不必责备社会。"

第四个方子：反省自己
——赠与大学毕业生的话
（1934 年）

胡 适
时任北京大学文学院院长

🎤

　　两年前的六月底，我在《独立评论》（第七号）上发表了一篇《赠与今年的大学毕业生》，在那篇文字里我曾说，我要根据我个人的经验，赠与三个防身的药方给那些大学毕业生。

　　第一个方子是："总得时时寻一两个值得研究的问题。"一个青年人离开了做学问的环境，若没有一两个值得解答的疑难问题在脑子里打旋，就很难保持学生时代追求知识的热心。可是，如果你有了一个真有趣的问题天天逗你去想它，天天引诱你去解决它，天天对你挑衅笑你无可奈何它。这时候，你就会同恋爱一个女子发了疯一样，没有书，你自会变卖家私去买书；没有仪器，你自会典押衣服去置办仪器；没有师友，你自会不远千里去寻师访友。没有问题可以研究的人，关在图书馆里也不会用书，锁在实验室里也不会研究。

第二个方子是："总得多发展一点业余的兴趣。"毕业生寻得的职业未必适合他所学的；或者是他所学的，而未必真是他所心喜的。最好的救济方法是多发展他的职业以外的正当兴趣和活动。一个人的前程往往全看他怎样用他的闲暇时间。他在业余时间做的事业往往比他的职业还更重要。英国哲人弥儿（J.S.Mill）的职业是东印度公司的秘书，但他的业余工作使他在哲学上、经济学上、政治思想上都有很重要的贡献。乾隆年间杭州魏之琇在一个当铺里做了二十几年的伙计，"昼营所职，至夜篝灯读书"。后来成为一个有名的诗人与画家（有柳州遗稿，《岭云集》）。

第三个方子是："总得有一点信心。"我们应该信仰：今日国家、民族的失败都由于过去的不努力；我们今日的努力必定有将来的大收成。一粒一粒的种，必有满仓满屋的收。成功不必在我，而功力必然不会白费。

这是我对两年前的大学生说的话，今年又到了各大学办毕业典礼的时候了。前两天我在北平参加了两个大学的毕业典礼，我心里要说的话，想来想去，还只是这三句话：要寻问题，要培养业余兴趣，要有信心。

但是，我记得两年前，我发表了那篇文字之后，就有一个大学毕业生写信来说："胡先生，你错了。我们毕业之后，就失业了！吃饭的问题不能解决，哪能谈到研究的问题？职业找不到，哪能谈到业余？求了十几年的学，到头来不能糊自己一张嘴，如何能有信心？所以你的三个药方都没有用处！"

对于这样失望的毕业生，我要贡献第四个方子："你得

胡　适　时任北京大学文学院院长

第四个方子：反省自己

21

先自己反省，不可专责备别人，更不必责备社会。"你应该想想：为什么同样一张文凭，别人拿了有效，你拿了就无效呢？还是仅仅因为别人有门路、有援助而你没有呢？还是因为别人学到了本事而你没学到呢？为什么同叫做"大学"，他校的文凭有价值，而你的母校的文凭不值钱呢？还是仅仅因为社会只问虚名而不问实际呢？还是因为你的学校本来不够格呢？还是因为你的母校的名誉被你和你的同学闹得毁坏了，所以社会厌恶轻视你的学校呢？我们平心观察，不能不说今日中国的社会事业已有逐渐上轨道的趋势，公私机关的用人已渐渐变严格了。凡功课太松、管理太宽、教员不高明、学风不良的学校，每年尽管送出整百的毕业生，他们在社会上休想得着很好的位置。偶然有了位置，他们也不会长久保持的。反过来看那些认真办理而确能给学生一种良好训练的大学——尤其是新兴的清华大学与南开大学，他们的毕业生很少寻不着好的位置的。我知道一两个月之前，几家大银行早就有人来北方物色经济学系的毕业人才了。前天我在清华大学，听说清华今年工科毕业的四十多人早已全被各种工业预聘去了。现在国内有许多机关的主办人真肯留心选用各大学的人才。两三年前，社会调查所的陶孟和先生对我说："近年北大的经济系毕业生远不如清华毕业的，所以这两年我们没有用一个北大经济系毕业生。"刚巧那时我在火车上借得两本杂志，读了一篇研究，引起了我的注意。后来我偶然发现那篇文字的作者是一个北大未毕业的经济系学生，我叫他把他做的几篇研究送给陶孟和先生看看。陶先生看了很高兴，叫他去谈，后来那个学生毕业后就在社会调查所工作至今，总算替他的母校在陶孟和先生的心目中恢复了一点已失的信用。这一件事应该使我们明白社会上已渐渐有了严格的用人标准了。在一个北大老教员主持的学术机关里，若没有一点可靠的成绩，北大的老招牌也不能帮谁寻着工作。

在蔡元培先生主持的中央研究院里，去年我看见傅斯年先生在暑假前几个月就聘定了一个北大国文系将毕业的高材生。今年我又看见他在暑假前几个月就要和清华大学抢一个清华史学系将毕业的高材生。这些事都应该使我们明白，今日的中国社会已不是一张大学文凭就能骗得饭吃的了。拿了文凭而找不着工作的人们，应该要自己反省：社会需要的是人才，是本事，是学问，而我自己究竟是不是人才，有没有本领？从前在学校挑容易的功课，拥护敷衍的教员，打倒严格的教员，旷课，闹考，带夹带，种种躲懒取巧的手段到此全失了作用。躲懒取巧混来的文凭，在这新兴的严格用人的标准之下，原来只是一张废纸。即使这张文凭能够暂时混得一只饭碗，分得几个钟点，终究是靠不住、保不牢的，终究要被后起的优秀人才挤掉的。打不破的"铁饭碗"不是父兄的势力，不是阔校长的荐书，也不是同学党派的援引，只是真实的学问与训练。能够如此，才是反省。能够如此反省，方才有救援自己的希望。

"毕了业就失业"的人们怎样才可以救援自己呢？没有别的法子，只有格外努力，自己多学一点可靠的本事。二十多岁的青年，若能自己勉力，没有不能长进的。这个社会是最缺乏人才又是需要人才的。一点点的努力往往就有十倍百倍的奖励，一分的成绩往往可以得着十分百分的虚声。社会上的奖掖只有远超过我们所应得的，绝没有真正的努力而不能得着社会承认的。没有工作机会的人，只有格外努力训练自己才有希望得着工作，有工作机会的人而嫌待遇太薄地位太低的人，也只有格外努力工作可以靠成绩来抬高他的地位。只有责己是生路，因为只有自己的努力最靠得住。

大学毕业生不为社会所重视，亦其一端。其所以不为社会所重视，得分数点言之：自视太高、欲望过奢、经验欠缺、责任心薄、学业荒废。

告本届毕业诸同窗

（1933年5月19日）

胡庶华
国立湖南大学校长

人生如白驹过隙，一转瞬间，诸君又届毕业时期。数年勤奋与辛苦，学有专长，至可快慰！惟此后效力国家，献身社会，来日方长，诸君之事业正多，而来日大难，诸君之责任綦重。爰本古人临别赠言之义，为诸君更进一词。

吾国兴学已数十年，所收教育之效果殊鲜。其原因固多，而大学毕业生不为社会所重视，亦其一端。其所以不为社会所重视，得分数点言之：

第一，自视太高。大学毕业生初离学校，颇有不可一世之气概，视天下事极容易，待人失于谦和，甚至飞扬跋扈，不受上级人员指导。因是各机关、学校、工厂、银行、公司多宁用较大学生程度稍低者，而不敢用大学生。

第二，欲望过奢。大学毕业生有宁可无事，亦不欲屈就小事者。以为就任小事，仿佛有伤大学生之体面，有失大学生之资格。或初就小事，未几即表示不满，甚至要求加薪或迁调，不遂则拂袖以去。

第三，经验欠缺。初离学校，经验不富，或以夤缘请托之故，骤负重任，甚或独当一面，处置不得其宜，以致偾事者，往往有之。至于工程人才，更重经验，徒凭学理而无实际试验之根据，必致全盘计划受其牺牲。

第四，责任心薄。大学毕业生，恒有因位置太低，薪资微薄，而责任心亦不坚强者。遇事敷衍塞责，苟且偷安，不欲力求进步。或志气消沉，渐趋悲观之路；或逾越法度，陷入贪污之阱。

第五，学业荒废。大学生既获得毕业资格，以后则唯图奔竞，不复从事学问。或用非所学，无须再事研究；或专务应酬，不暇伏案探讨。数年之后，新知固无由增进，而旧业亦完全荒疏，不知不觉为官僚生活所同化，不复有学者态度。

以上五种缺点，在政治已上轨道之国家，鲜有暴露与发生，因政府取材恒有固定程序，而社会用人亦有一定标准。躐等倖进既不可能，而希冀非分亦无由而生。今吾国有曾经高等考试及格，亦未能获得位置者，于是投机取巧之士，多假特殊势力，以为进身之阶，仕途日益庞杂，气节之士益受排挤，大学生失业之数，年有增加。吾人丁兹艰难之会，若不能惩前毖后，新辟途径，则不仅国难无由挽救，而分崩离析之象，必将有加无已。势不至同归于尽不止。所谓新途径维何？

第一，不论位置与薪资。凡属有益于国家社会之事，在

告本届毕业诸同窗

本人学识经验以内，努力赴之。不计位置高低与薪资多寡。

第二，不论乡间或城市。城市物质生活较优，人皆趋之，造成今日都市畸形发展。城中人浮于事，乡村无做事之人。农人子弟入大学后，则家庭少一生产者，而社会则多一食客，今欲促进地方自治，救济农村衰落，非大学生到民间去不为功。

第三，继续研究学问。学问原无止境，毕业仅为告一段落，尚须继续研究，方能有深造之成功。且一事不知，儒者之耻，不独对于所学应彻底研求。为应付环境需要，即非所专习者，亦当留心探讨。世界科学进步，一日千里，吾人苟事懈怠，则落伍滋惧。

第四，努力改造环境。大学生乃领袖人才。英国政治大家，多出自牛津、剑桥大学，其他各国政治上之中坚人物，亦多由大学培养成。但未为政治领袖以前，当先作社会领袖。负改造社会之责任，具转移风气之力量，方不辜负大学毕业之资格。当今民德不立，民志堕落，以致民族有危亡之象，故大学生所负使命，较任何人尤为重。

以上各点为诸君言之，亦可为全国大学生言之，但尚有二点，特别为诸君告者：

第一，本校成立之历史未久，社会上之信用尚浅，欲求在全国大学中占有相当地位，全视毕业同学在社会服务之能力如何。欲在外省谋事，尤视先毕业者服务之成绩如何。湖南人刚悍成性，每为他省人士所恶，应当加以改革。但素具负责任、重实践之精神，应当继续保持。前闻本校电机系毕业生在中国电气公司服务，以及土木系毕业生在杭江铁路服务，均以"耐劳肯干"见称，差堪引为幸事！甚愿本校毕业同学，人人均能如此，成为本校校风之一。

第二，本校为宋岳麓书院旧址，朱张先后讲学于此，以提倡忠孝廉节为务。宋亡而岳麓精舍诸生，乘城共守，及破，死者无算。清末曾、左、彭、胡，削平大乱，其要诀在"扎硬寨，打死仗"。其修养均在岳麓书院肄业之时。诸君游此数年，又值国难严重，当继续本校光荣之历史，发扬为国牺牲之精神，成为本校校风之二！

诸君受本校之熏陶有年，离校以后，仍望饮水思源，时时不忘母校，后会有期，诸维珍重！

在学校中所习者大多为理论，投身社会，则犹由教室中而至实验室，应以昔日所学之理论，作今日实验之根据；以今日之实验，作昔日所习理论之证明。

在毕业典礼上的训辞

（1937年6月25日）

任鸿隽
国立四川大学校长

各位来宾，各位先生，各位同学：

今天本大学举行第六届毕业典礼，承各位来宾光临指导，我们非常荣幸！

国立四川大学成立，在时间上不算久。可是因为系三所大学合并之故，第一届即有毕业生，现在已经是第六届。本届毕业生共有一百七十五名，去年有三百三十人。两年相较，则本年差不多只够去年二分之一。不过去年毕业同学中，很多是由其他的学校转来的，而本届毕业同学中转学生极少，故本届毕业诸同学，将来在事业上成功或失败，对于社会国家有功或有过，均颇足代表本大学成绩。希望诸位能努力为母校增光。

本人业经辞职，并蒙中央照准，教育部已令由张真如先生继任。本人来校两年，深察中国当前大学教育之所急，力求学术空气之养成，专门人材之造就，而使本大学跻于当代大学之林。想诸位当亦知之审而听之熟。本人现以行将离校，适值第六届诸位毕业同学结束之时，愿以数言为赠。

我们知道在学校里毕业，正是社会始业，为一切事业之起头，所以毕业二字之英文为 Commencement，意思正是始业。在学校中所习者大多为理论，投身社会，则犹由教室中而至实验室，应以曩日所学之理论，作今日实验之根据；以今日之实验，作曩日所习理论之证明。相互辨证，必有所得。然曩者之所学，未必足应今日之用。欲在社会上有所建树，尤非易事，故本人欲以下列三点为诸君勉。

第一，应忠于所学。

在学校中学习数年，于所学初具基础。到社会必须用其所学，方可望有所阐发。若以一时之环境关系，弃之中途，则于学业、于事业必两无所补，故应忠于所学。

第二，要有所不为。

世无完善之社会，均待有不断之改良。青年初入社会，最易为社会不良之习尚所熏染。故必立定主张，分其善恶，判其缓急，权其轻重，要有所不为。孟子说："人有不为也，而后可以有为。"即是此意。

第三，要继续求学精神。

在大学四年，为时颇暂，所学自难足用。曾有人说过："在大学毕业不过仅仅是得到一把开图书馆的钥匙。假如你不用或不善用这把钥匙，你绝不会获到事业上的成功。"所谓善用，是要继续求学的精神。随时随地留心，不断的努力，则无论做事或读书，将必有很大的成就。

　　四川人口近七千万，仅有三个大学，学生总数不过一千四五百人，则约五万多人中仅有一个大学生。其责任之重大，于此可以概见。本大学前后毕业之学生已一千有奇，合其他大学总计之，至少亦有二三千人，则川中每县应可分配一二十人。如均能用其所学而为社会谋改进，未始不可立见宏效。希望诸君好自为之，将来功成业就，才不辜负诸君多年之辛苦，才不辜负国家的培植及诸位先生的指导！

立志是砍荆棘斧斤
——送给即将毕业的北大学生

（20 世纪 30 年代）

蒋梦麟
北京大学校长

🎤

　　诸君离学校而去了。在社会上立身的困难，恐怕比在学校里求学还要加甚。若非立志奋斗，则以前所受的教育，反足以增加人生的苦恼，或转为堕落的工具。这是诸君所当特别注意的。事业的成功，须经过长时间的辛苦艰难，这是成功的代价，走过了许多荆棘的路，方才能寻获康庄大道。立志是砍荆棘斧斤，奋斗是劳力。万不可希望以最少的劳力，获最大的成功。

你们在出校门以前恐怕已经觉得是非和利害有时会冲突的。是否能把是非的观念放在利害的观念上面呢？君子、小人之别就在此一念之别。

大学生之责任
——在浙江大学第十八届毕业典礼上的致辞
（1945 年 7 月 1 日）

竺可桢
浙江大学校长

🎤 ——————

诸位来宾，同仁，同学：

本届毕业同学行将离校。离开学校以前诸位是受教育，国家每年要费一二十万金培养一个学生。离开学校以后，你们就得要为社会服务了。中国大学生较之他国为少，所以你们的责任格外重大。如美国每 100 人有 16 人是大学生，俄国 5 人，英国 2 人，我们则不过二千分之一。依教育部统计，自中华民国元年到中华民国 32 年，专门以上毕业生只 12 万人，加上中华民国元年之前和中华民国 33、34 年，最多不会超过 16 万人，所以尚不过全人口的三千分之一。郑康成谓"才德过千人为俊"，则诸君皆今日之俊杰也。

诸君之责任可分为两方面而言之。一方面，诸君学有专长，毕业以后，各尽其所能，以贡献于国家。抗战时候如此，抗战以后亦如此。1940 年八九月间，英国 Dunkirk 撤退大军以后，德国大量轰炸。那时英国守军有训练者，只一军（Division）之众，飞机不过千架。那时 RAF（英国皇家空军）能将德国轰炸机击退，丘吉尔所谓 "Never there was in history so many owed so many to so few"（历史上从来没有以这样少的人做出这样多功绩的）。而 RAF 制胜之重要因素，即为 Radar（雷达）之发明。发明人乃一物理工程师 Robert Watson Watt。

以中国幅员之广，人口之众，百姓之穷，战时、建国到处需人。在遵义，吾人举目社会上应改进之事正多。比如，此间枇杷只是一张皮包了一粒骨，每一个学园艺果木的人应该自己负责起来，把它改良。此外，如人民衣着的褴褛，农夫依天吃饭，不讲卫生，以蚤虱之多、识字之少。所谓范文正公当秀才时，即以天下为己任，此是诸位分内的事，责无旁贷的。

诸位除了是一个受专门训练的人，为一个教员、学士、电机工程师、生物学家、果树专家而外，同时也是一个国民。所以你们既是大学生，又有比普通人民更大的责任。在现代世界，你们得认清三点：

第一，知先后。军事第一，是我们现在的口号，此在战时各国皆然，夺取胜利。抗战如此，建国如此，我们不能不分最要与次要。小而言之，一个学校，一家公司，甚至一个人的做事、读书，统要有先后，然后能计划。《大学》里头第一章就说："物有本末，事有始终，之所先后，则近道矣。"

第二，明公私。在抗战时候道德堕落，这是古今中外一律的事。但若能赏罚严明，公私有别，则道德就不致十分堕落。近来报上所载我国贪污之案层见迭出，甚至财政部总务司长王绍齐、直接税局局长高秉坊、中央银行业务局长这类人竟也监守自盗，舞弊上千万。诸君看了报自然莫不痛心。但是诸位要晓得，在有一个时期，这类作弊的人，也是和诸君一样，是从大学刚毕业、极清白纯粹的大学生。因为贪污之层见迭出，所以一般人以为官是做不得的，财是不能发的，这可大错了。做公务员就是官，我们希望顶好的人材、顶廉洁的知识阶级去做官，惟有这样，公家的事才能办得好。中国那么穷，我们就希望大家绞尽脑汁来发明、办工厂、开农场、去发大财。惟有这样，国才能富，民才能强。所以我希望你们能做官、能发财，但不希望你们因为做了官而发财。为做官而发财，是没有不贪污的。惟有公私分明而后贪污才能绝迹。

第三，辨是非。浙大过去的校训是"求是"。我们应该只知是非，不管利害。此话说来容易，要实行起来可不是那么容易了。你们在出校门以前恐怕已经觉得是非和利害有时会冲突的。是否能把是非的观念放在利害的观念上面呢？君子、小人之别就在此一念之别。近世科学之能发扬到如今现状，就是因为先哲 Bruno（布鲁诺）、Galileo（伽利略）等不避艰险，与中世纪宗教恶势力斗争而成功的。我们学术界事事落人之后，而史学尚足有表现亦是。古代的太史能不避斧钺，秉笔直书。春秋时候，崔子杀掉齐庄公，齐太史就书"崔抒弑其君"。崔子杀太史，其弟继起而被杀者二人。但齐国太史均起而直书，使崔子没有办法。这种只顾是非，不顾利害的精神是每个浙大毕业生应该具有的。

> 俗语说:"做一天和尚撞一天钟。"其实此话有其积极的意义,
> 即是一天在职位上,就当牢守一天的岗位,尽量把事情干好。
> 如果我们尽责任,力求上进,那么社会也就绝不会让我们永远吃亏。

做一天和尚撞一天钟
——在第六届毕业典礼上的致辞

（1957 年 7 月）

钱　穆
香港新亚学院院长

今日是本院大学部第六届毕业典礼,也是本院研究所正式成立以来第一届毕业典礼,并且将正式颁授硕士学位。

今天每位毕业同学,已在大学中完成了学业阶段,将由学校时的青年时代进为社会的成年时代。各位将来进入社会做事,无论在哪一岗位,都应具有愉快心情及活泼生气,去迎接当前任务。尽自己最大的力量,去努力担负你的责任。

俗语说:"做一天和尚撞一天钟。"这句俗语普通人只看其消极的方面,认为是过一天算一天,敷衍过去就算了。其实此话有其积极的意义,即是一天在职位上,就当牢守一天的岗位,尽量把事情干好。

　　俗语又说："一个和尚挑水吃，两人和尚抬水吃，三个和尚没水吃。"此话说出了一般人依赖推诿的心理，但如我们人人各在自己岗位上尽力，那么三个和尚不但不会没水吃，反而将会有6桶水了。

　　俗语还说："各人自扫门前雪，哪管他人瓦上霜。"一般人以为这是自私自利的行为，但从另一方来讲，却是积极的本分负责。试想，他人瓦上霜有多少？如果连自己门前的雪都没有扫，难道还有力量去管别人吗？霜是在瓦上的，留着无大碍。雪是在门前的，留着是会阻路。如果人人都把自己门前的雪扫清了，就会打开一条四通八达的大路，对人人都有利益。

　　希望各位踏入社会做事，当力求上进。有些人在没有谋得职业前，什么事都愿意干。谋得了，就发怨言，对所处的人事环境都不满意，这种心理要不得。我们不应该计较名誉地位，不应三心二意，我们当努力于当前的事业岗位，带着好像初进大学第一天的那种活泼、热诚、兴奋、鼓舞的心情，就会觉得干什么事都有意义了。

　　一个人最怕的是没志气没活力，意志消沉颓唐，做事敷衍塞责，那就什么都完了。我们不应贪小利、小便宜，当脚踏实地地去做。所谓上进，并不指求天天有更高的职位与名利，而是不断地充实自我。不要老批评别人不好，当反省自己的缺点。求学与做事，齐头并进，人人都易上进，这社会就好了。我们当知，社会不好，责任在我，那么社会自然上轨道了。

　　我顺便讲一个故事，当四十余年前，即1913年，我在无锡一座家乡小学任教，有一位我所喜爱的学生毕业了，又去上海读书。中学毕业回来，我请他同我一起在小学教书，但他不肯，他说："我今年教小学，明年教小学，一辈子教小学，这不是我的好前途，有什么意义呢？"这种意见是错误的，我们只应把当前的事尽力办好，牢守岗位，力求上进。至于前途，不必太计较。要知道一个人的升迁际遇，有时是靠机会，个人不能勉强。但是我们亦当知道，如果我们尽责任，力求上进，那么社会也就绝不会让我们永远吃亏。要紧的是我们当抱赤子之心，以迎接一切。我们不要以为社会是黑暗的，而我们应该用眼睛照亮这社会，光明是从我们每个人的眼中发出去的。

各位不要以为这是老生常谈，当记得我这一番话，十年二十年以后仍然有用，并知道其好处，及当如何处世做一个人。

（原载 1957 年 7 月 15 日香港《华侨日报》）

钱 穆 香港新亚学院院长 做一天和尚撞一天钟

必须在社会上服务，经过相当的岁月，得了相当的经验，你们的教育才算完成。所以现在也可以说，是你们理论教育完毕，实际经验开始的时候。

给东北大学建筑系第一班毕业生的一封信

（1932年）

梁思成
东北大学建筑系的创始人之一

诸君！我在北平接到童先生和你们的信，知道你们就要毕业了。童先生叫我到上海来参加你们的毕业典礼，不用说，我是十分愿意来的，但是实际上怕办不到，所以写几句话，强当我自己到了。聊以表示我对童先生和你们盛意的感谢，并为你们道喜！

在你们毕业的时候，我心中的感想正合俗语所谓"悲喜交集"四个字，不用说，你们已知道我"悲"的什么，"喜"的什么，不必再加解释了。回想四年前，差不多正是这几天，我在西班牙首都，忽然接到一封电报，正是高惜冰先生发的，叫我回来组织东北大学的建筑系。我那时还没有预备回来，但是往返电商几次，到底回来了。我在八月中由西伯利亚回国，路过沈阳，与高院长一度磋商，将我在欧洲归途上拟好的草案讨论之后，就决定了建筑系的组织和课程。

我还记得上了头一课以后，有许多同学，尤似晴天霹雳、如梦初醒，才知道什么是"建筑"。有几位一听要"画图"，马上就溜之大吉。有几位因为"夜工"难做，慢慢地转了别系，剩下几位有兴趣而辛苦耐劳的，就是你们几位。

我还记得你们头一张 WashPlate，头一题图案，那是我们"筚路蓝缕，以启山林"的时代，多么有趣，多么辛苦。那时我的心情，正如看见一个小弟弟刚学会走路，在旁边扶持他，保护他，引导他，鼓励他，惟恐不周密。

后来林先生来了，我们一同看护小弟弟，过了他们的襁褓时期，那是我们的第一年。以后陈先生、童先生和蔡先生相继都来了，小弟弟一天一天长大了，我们的建筑系才算发育到青年时期，你们已由二年级而三年级。而在这几年内，建筑系已无形中形成了我们独有的一种 Tradition，成为东北大学最健全、最用功、最和谐的一系。

去年6月底，建筑系已上了轨道，童先生到校也已一年，他在学问上和行政上的能力，都比我高出十倍。又因营造学社方面早有默约，所以我忍痛离开了东北，离开了我那快要成年的兄弟。正想再等一年，便可看他们出来到社会上做一分子健全的国民，岂料不久竟来了蛮暴的强盗，使我们国破家亡，弦歌中辍！幸而这时有一线曙光，就是在童先生领导之下，暂立偏安之局，虽在国难期中，得以赓续工作。这时我要跟着诸位一同向童先生致谢的。

现在你们毕业了。毕业二字的意义，很是深长。美国大学不叫毕业，而叫"始业"（Commencement）。这句话你们也许已听了多遍，不必我再来解释，但是事实还是你们"始业"了，所以不得不郑重地提出一下。

你们的业是什么？你们的业就是建筑师的业。建筑师的业是什么，直接地说是建筑物之创造，为社会解决衣食住三者中住的问题；间接地说，是文化的记录者，是历史之反照镜。所以你们的问题是十分的繁难，你们的责任是十分的重大。

在今日的中国，社会上一般的人对于"建筑"是什么，大半没有什么了解，多以"工程"二字把它包括起来。稍有见识的，把它当土木一类，稍不清楚的，以为建筑工程与机械、电工等等都是一样。以机械、电工问题求我解决的已有多起，以建筑问题，求电气工程师解决的，也时有所闻。所以你们"始业"之后，除去你们创造方面四年来已受了深切的训练不必多说外，在对于社会上所负的责任，头一样便是使他们知道什么是"建筑"，什么是"建筑师"。

现在对于"建筑"稍有认识，能将它与其他工程认识出来的，固已不多。即有几位，其中仍有一部分对于建筑有种种误解。不是以为建筑是"砖头瓦块"（土木），就以为是"雕梁画栋"（纯美术），而不知建筑之真义，乃在求其合用、坚固、美。前二者能圆满解决，后者自然产生，这几句话我已说了几百遍，你们大概早已听厌了。但我在这机会，还要把它郑重地提出，希望你们永远记着，认清你的建筑是什么，并且对于社会，负有指导的责任，使他们对于建筑也有清晰的认识。

为什么要社会认识建筑呢？因建筑的三元素中，首重合用。建筑的合用与否，与人民生活、健康和工商业的生产率，都有直接关系的。建筑的不合宜，足以增加人民的死亡病痛，足以增加工商业的损失，影响重大。所以唤醒国人，保护他们的生命，增加他们的生产，是我们的义务。在平时社会状况之下，固已极为重要，现在国难时期，则尤为要紧。而社会对此，还毫不知情，所以把他们唤醒是你们的责任。

为求得到合用和坚固的建筑，要有专门人材。这种专门人材，就是建筑师，就是你们！但是社会对于你们，还不认识呢。有许多人问我包了几处工程，或叫我承揽包工。他们不知道我们是包工的监督者，是业主的代表人，是业主的顾问，是业主权利之保障者，如诉讼中的律师或治病的医生。他们常常误认我们为诉讼的对立方，或药铺的掌柜。认你为木厂老板，是一件极大的错误，这是你们必须为他们矫正的误解。

非得等到社会对于建筑和建筑师有了认识，建筑才会得到最快的发展。所以你们负有宣传的使命，对于社会有指导的义务，对你们的事业，先要为自己开路，为社会破除误解，然后才能有真正的建设，才能发挥你们创造的能力。你们创造力产生的结果是什么，当然是"建筑"。不只是建筑，我们换一句话说，可以说是"文化的记录"——是历史。这又是我从前对你们屡次说厌了的话，又提起来，你们又要笑我说来说去都是这几句话。但是我还是要你们记着，尤其是我站在建筑史研究者的立场上，觉得这一点是很重要的。

几百年后，你我或如转了几次轮回，你我的作品，也许还为后人对中华民国 21 年中国情形研究的资料，如同我们

41

现在研究希腊、罗马和汉、魏、隋、唐遗物一样。但是我并不能因此告诉你们如何创造历史，因而有所拘束顾忌。不过，古代建筑家不知道他们自己地位的重要，而我们对自己的地位，却有这样一种自觉，也是很重要的。

我以上说的许多话，都是理论，而建筑这东西，并不如其他艺术，可以空谈玄理解决。它与人生有密切的关系，处处与实用并行，不能相脱离。讲堂上的问题，我们无论如何使它与实际问题相似，但到底只是假的，与事实不能完全相同。如款项之限制，业主气味之不同，气候、地质、材料之影响，工人技术之高下，各城市法律之限制，等等，都不是在学校里所学得到的。必须在社会上服务，经过相当的岁月，得了相当的经验，你们的教育才算完成。所以现在也可以说，是你们理论教育完毕，实际经验开始的时候。

要得实际经验，自然要为已有经验的建筑师服务，可以得到在学校所不能得的许多教益。而在中国，与青年建筑师以学习机会的地方，莫如上海。上海正要做复兴计划的时候，你们来到上海，也可以说是一种凑巧的缘分。塞翁失马，犹如你们被迫而到上海来，与你们前途，实有很多好处的。现在你们毕业了，你们是东北大学第一班建筑学生，是"国产"建筑师的始祖，如一只新舰行下水典礼。你们的责任是何等重要，你们的前程是何等的远大！林先生与我两人，在此一同为你们道喜，遥祝你们努力，为中国建筑开一个新纪元！

"堂堂的一个人"若只知道"仰足以事父母，俯足以蓄妻子"，或只知道自得其乐，那是没多大意义的。至于低徊留连于不能倒流的年光，更是白费工夫。他在大学里造成了自己，这时候该活泼泼地跳进社会里去，施展起他的身手。

赠　言

（1933 年 3 月）

朱自清
时任清华大学中文系主任

———————— 🎙

　　一个大学生的毕业之感是和中小学生不同的。他若不入研究院或留学，这便是学校生活的最后了。他高兴，为的已满足了家庭的愿望而成为堂堂的一个人。但也发愁，为的此后生活要大大地改变了，而且往往是不能预料的改变。在现下的中国尤其如此。一面想到就要走出天真、和平的园地而踏进五花八门的新世界去，也不免有些依恋彷徨。这种甜里带着苦味，或说苦里带着甜味，大学毕业诸君也许多多少少感染着吧。

　　然而这种欣慰与感伤都是因袭的，无谓的。"堂堂的一个人"若只知道"仰足以事父母，俯足以蓄妻子"，或只知道自得其乐，那是没多大意义的。至于低徊留连于不能倒流的年光，更是白费工夫。我们要冷静地看清自己前面的路。毕业对于大学生是个献身的好机会。

他在大学里造成了自己，这时候该活泼泼地跳进社会里去，施展起他的身手。在这国家多难之期，更该沉着地挺身前进，绝无躲避徘徊之理。他或做自己职务，或做救国工作，或从小处下手，或从大处着眼，只要卖力气干都好。但单枪匹马也许只能守成；而且旧势力好像大漩涡，一个不小心便会滚下去。真正的力量还得靠大伙儿。清华毕业的人渐渐多起来了，大伙儿同心协力，也许能开些新风气。

有人说清华大学毕业生易犯两种毛病：一是率真，二是瞧不起人。率真绝不是毛病。所谓世故，实在太繁碎。处处顾忌，只能敷敷衍衍过日子。整日兜圈儿，别想向前走一步。这样最糟蹋人的精力，社会之所以老朽昏庸者以此。现在我们正需要一班率真的青年人，生力军，打开这个僵局。至于瞧不起人，也有几等。年轻人学了些本事，不觉沾沾自喜是一等。看见别人做事不认真，不切实，忍不住现点颜色，说点话，是一等。这些似乎都还情有可原。若单凭了"清华"的名字，那却不行，但相信这是不会有的。

（原载 1933 年《清华大学年刊》）

下 篇
凤凰花开
——母校的行囊

轻轻的我走了，

正如我轻轻的来，

我轻轻的招手，

作别西天的云彩。②

凤凰花开，离歌响起，又到了寻梦的季节。

或许，像诗人那样，撑一支长篙，向青草更青处漫溯。

抑或，满载一船星辉，在星辉斑斓里放歌。

然青春不只是告别，启程不只是欢歌。

毕业，更是另一种始业。

未来的道路，

带上母校的行囊出发。

注：②出自现代诗人徐志摩《再别康桥》。

我们每个人都有三个母亲：一个是生育你的妈妈，另一个是教育你的学校，再一
个是培育你的祖国。我们没有选择母亲的自由，我们只有为母亲奉献的义务。

三个母亲

——在 1999 届研究生毕业典礼上的致辞

（1999 年 4 月 19 日）

林金桐
北京邮电大学校长

同学们：

我们每个人都有三个母亲：一个是生育你的妈妈，另一个是教育你的学校，再一个是培育你的祖国。

多少年以前，当你的第一个母亲把你交给第二个母亲，这叫做上学；多少年以后，当你的第二个母亲把你交给第三个母亲，这就是毕业。

你会一辈子依恋你的第一个母亲，哪怕她拥有的只是贫寒的家庭；你会一辈子怀念你的第二个母亲，哪怕校园里发生的故事并不尽如人意；你也会一辈子依靠你的第三个母亲，哪怕她现在还很不富裕。

1995 年 9 月 17 日，世界银行公布统计国家财富的新办

法，把国家财富分为三类：人力资源、物质资产和自然资源。我希望你们，第一批跨入新世纪的应届毕业研究生，记住中国在 20 世纪在人均财富的排名榜上的位置：第 162。人均财富仅仅 6600 美元，是世界平均水平的十三分之一，是排名第一国家的一百二十六分之一。

我没有研究过在统计学中一个博士和一个文盲的价值究竟有怎样大的区别，但是我知道，人力资源的价值计算与教育程度、营养水平、医疗保健条件相关联。这就是说培养了一个研究生，就是创造了一笔财富。

我们没有选择母亲的自由，我们只有为母亲奉献的义务。因此，珍惜自然资源，保护生态环境；投身经济建设，增加物质资产；坚持终身学习，提高自身价值，就应该是每一个人，特别是接受过高等教育的青年知识分子的崇高责任。

几个月前，《高等工程教育研究》的主编采访我，问我对北邮的学生有怎样的期望，我说我希望北邮的毕业生"干大事，挣大钱，当大官"，或者说得文雅一点：承担更多的社会责任。你有三个母亲，三个母亲对你是同样的期待。

昨天，当你告别家乡，母亲说过："常回家看看。"

今天，当你走出校门，母亲要说："常回校看看。"

明天，当你飞往海外，母亲会说："常回国看看。"

再见了，我亲爱的毕业研究生，衷心祝你们的人生旅途一帆风顺。

谢谢大家！

成功并不必定同幸福相联系，所谓的不成功也未必等于不幸福。因此，在你们离开校园之际，你们不仅要树立自己的雄心，更必须界定自己的成功。

这一个大学生活的尾巴
——在 2003 届法学院本科生毕业典礼上的致辞

（2003 年 7 月 2 日）

朱苏力
北京大学法学院院长

前几天，在红四楼网上举行招生答问，潘思源同学也在。结束后，走到未名湖畔，我问，快毕业了，有什么感慨？看着阳光下未名湖那光影绰约的漾漾碧水，她幽幽地说了一句，"过好大学生活的尾巴"。

在这欢庆你们毕业、欢送一些同学离开校园的场合，我说两句话，也加入你们大学生活的尾巴。

第一句更多是说给马上要走向工作岗位的同学的，一句大实话：社会和学校很不一样。在校园里，个人努力也起作用，但作用更大的其实是天分。老师不要求你们的物质回报，只要你考试成绩好，人格上没有大毛病，基本上就会获得老师的欢心，就会获得以分数表现的奖励。在这个意义上，大学基本是一个"贤人政治"或"精英政治"的环境，更像家庭，评价体系基本由老师来定，以一种中央集权的方式，奖励的是你的智力。社会则很不同。社会更多是一个世俗利益交换的场所，是一个市场，是"平民政治"。评价的主要不是你的智力优越（尽管你的聪明和智慧仍然可以帮助你），而是你能否拿出什么别人想要的东西。这个标准不再由中心——老师确定，而是分散——由众多消费者确定的。因此，尽管定价178元，不到10天，3000册英文版《哈利波特与凤凰社》在北京新华书店已经脱销，而许多学者的著作一辈子也卖不了这么多，甚至只能"养在深闺人未识"；也因此，才有了"傻子瓜子"年广九，才有了"搞导弹的不如卖茶叶蛋的"，才有了IT产业中的退学生现象（大家还记得甲骨文公司首席执行官埃里森2000年在耶鲁大学毕业典礼上的讲话吗）。这种"脑体倒挂"，不完美，但也恰恰表明了市场的标准，人类的局限——你甭指望通过教育或其他，把消费者都变成钱钟书或纳什。因此，我们的同学千万不要把自己16年来习惯了的校园标准原封不动地带进社会，否则你就会发现"楚材晋不用"，只能像李白那样用"天生我材必有用"来安慰自己，更极端地，甚至成为一个与社会、与市场格格不入的人。

尽管社会和市场的手是看不见的，但它讲的却都是看得见摸得着的；它不讲期货，讲也都是将之转为现货。你可以批评它短视，但它通常还是不会，而且没有义务，等待你成长和成熟。它把每个进入社会的人都当作平等的，不考虑你刚毕业，没有经验。如果你失去了一次机会，你就失去了。不像在学校，会让你补考，或者到老师那里求个情，改个分数。"北大学生有潜力、有后劲"，别人这样说行，你们自己则千万不要说，也不要相信。这种说法不是安慰剂，在某种程度上，实际上就是说你不行，至少现在不行。如果你有什么素质，有什么潜力，有什么后劲，你就得给我拿出来，你就得给我变成实打实的东西——也许是一份合同起草，也许是一次成功诉讼。

　　这一点对于文科毕业生尤其重要。理工科的学生几乎是从一入学就很务实，就是一次次实验，一道道习题，就是一个毕业设计，没有什么幻想。他们几乎没有谁幻想自己成为牛顿、达尔文或爱因斯坦，就是成名了，也是他或她自己。而文科学生，大学四年，往往是同历史上最激动人心的一些事件和人物交往，在同古今中外的大师会谈。你们知道了苏格拉底审判，知道了马伯利诉麦迪逊，知道了"大宪章"，等等。你们还可以评点孔、孟、老、庄，议论柏拉图、亚里士多德，甚至"舍我其谁也"。大学的文科教育往往会令许多人从骨子里更喜欢那种激动人心的时刻和时代，甚至使人膨胀起来。但这不是，而且也不可能是绝大多数人的生活，而只是学院中想象的生活。我们每个人都只能生活在日常的琐细之中。

　　因此，第二句话，要安分守己，这是对每个同学说的。这句话对于我们这个时代也许过时了，但对你们，可能还不过时。因为我从来也不担心北大的毕业生会没有理想以及是否远大，而更多担心你们能否从容坦然面对平凡的生活，特别是当年轻时的理想变得日益遥远、模糊和暗淡起来的时候。还因为，我要说，几乎——如果还不是全部的话——每一个雄心勃勃的人都注定不可能完全实现他的理想。我当然希望

朱苏力　北京大学法学院院长

这一个大学生活的尾巴

51

而且相信，你们当中能涌现杰出的政治家、企业家、法律家、学问家，但只可能是少数——多了就挤不下了，多了也就不那么值钱了——边际效用总是递减的。无论在世俗的眼光还是在自我评价中，绝大多数人都必定是不那么成功的。但是，我们要知道，成功并不必定同幸福相联系，所谓的不成功也未必等于不幸福。因此，在你们离开校园之际，你们不仅要树立自己的雄心，更必须界定自己的成功。

让我告诉你们一个人吧，一个也许当年把你们当中的谁招进北大的人，一个本来会且应当出现在这一场合却再也不可能的人。这个人当年曾以全班第一名毕业于这个法学院，毕业留校后，长期做学生工作、党团工作、行政工作。在北大这样一个学者成堆的地方，他的工作注定了他只能是配角，而且还永远不可能令所有的人满意，乃至有人怀疑他当年留校做行政工作是不是因为他的学习成绩不行。但他安分，勤勤恳恳地在这个平凡的岗位为我们和你们服务；他守己，恪守着他学生时代起对于生活和理想的追求，一直到他外出招生不幸殉职。

他不是学者，更谈不上著名；他没有留下学术著作，留下的，在他的笔记本电脑中，是诸多的报告和决定，有关招生，有关法学院大楼，有关保送研究生以及处分考试作弊的学生；他每年都出现在"十佳教师"的晚会上，但不是在台上接过鲜花，而是在台下安排布置；他没有车子、房子，更不如他的许多同学有钱。但是，当他离去之际，他的同事、同学和学生都很悲痛，包括那些受过他批评的学生。是的，他没有成为一个被纪念的人，甚至不是一位会被许多人长久记住的人，但是，他是一位令他的同事和同学们怀念的人。这难道不是一种令人羡慕的成功？尽管有点惨烈和令人心痛！

我们的事业，中国的事业，其实靠的更多是许许多多这样的人。

安分守己并不是一个贬义词，甚至不是一个中性词。"安分"是不容易的，在这个时代，"守己"则更不容易！

看来老天注定是要给你们的这一个大学生活的尾巴更多的色彩，更浓的情感。同学们，或者，还请允许我加上一个平庸的形容词——"亲爱的"；我想，哪怕是多少年过去之后，你们都一定会想起这个只属于你们的大学生活的尾巴。想起那个其实比其本身在中国更为流行的名词，那些慌乱和不安，"逃窜"和出入证，22、23、24 楼以及楼前那又一次漏不下星光的林荫路；你们会想起网名"飞花"的师姐，为她的疾病募捐以及向朱苏力院长提出的关于建立扶助基金的建议；你们会想起建武老师的突然离去，想起泪水中的鲜花和鲜花中的泪水，想起他爽朗的笑声，也许还有眼镜后他那责备的目光；也许还有今天的毕业典礼，此刻你周围那众多熟悉又陌生的"企鹅"，以及今晚你们年级的聚餐和狂歌……

我祝福你们！我祝福你们了！

谢谢。

朱苏力　北京大学法学院院长

这一个大学生活的尾巴

希望大家在做出自己一生中的这次重大选择时，眼光要看远些，视野要开阔些，不要盲目赶潮流。人生最好的机遇往往是在别人还未重视的地方。

人生最好的机遇在别人 还未重视的地方

——在 2004 届本科生毕业典礼上的致辞

（2004 年 7 月 1 日）

朱清时
中国科学技术大学校长

老师们、同学们：

今天，我们在这里隆重举行毕业典礼暨学位授予仪式。刚才，程艺副校长宣读了学校关于授予博士、硕士和学士学位的文件，以及表彰各类优秀毕业生的文件。这是一个光荣、庄严、喜悦而充满希望的时刻，今天举行的仪式是为了见证同学们来之不易的成功与喜悦，也是为了祝福你们新的未来的开始。在此，我谨代表学校、代表党政领导班子向同学们取得的成绩表示最热烈的祝贺！向为你们的成长倾注无数心血的老师们表示衷心的感谢！

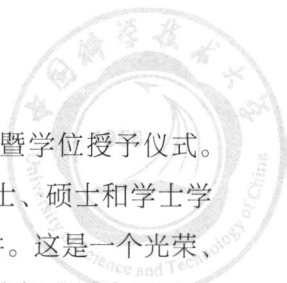

同学们，在你们即将离开母校奔赴新的人生征程之际，我谨代表母校并以一位学长和朋友的身份，讲几句话，算作离别赠言，请大家在今后的工作和生活中思考。

第一，什么是人生和事业的成功？

最近几年中，经常有同学向我提出这个问题，中国科学技术大学的毕业生应该从现代科学的角度对这个问题有一个明确的回答。我们每个人不过是自然界中传递基因的一个载体，人的一生与整个宇宙和人类社会比较起来十分渺小。在这短暂的生活中，什么是我们事业的成功呢？人生的成功不是钱，不是权，也不是名，而是把你的潜能发挥到极致，推进人类社会的进步，这就是成功，我们如果用这种观点来看一切问题，同学们的一生就会充满动力，大家一生事业的成功就有比较扎实的基础。

第二，在实践中不断学习。

从中学至今，我在四十多年中遇到的很多学生，有的人在学生时代，包括做研究生和博士后，成绩都很好。然而当自己独立工作时，要么一筹莫展，要么总是重复老师教的那些，总是打不开新局面。问题在于，同学们在学生时代主要学习前人创造的知识，而在工作之后你们要学会创造新的知识。由于现行教育体系的一些弊病，同学们在学生时代缺乏后一方面的充分训练，还缺乏面对十分复杂的情况时，迅速地抓住问题的关键并找到出路的能力。希望同学们尽快在实践中有意识地培养自己的这种能力，并且学会在实践中自学的能力，尽快成为创新型人才。同学们，你们的大学生活只有四年，在你们今后的生活中有许多个四年，还会上许多次非正式的大学，希望大家在今后的自学成才中取得更好的成绩。

朱清时　中国科学技术大学校长

人生最好的机遇在别人还未重视的地方

55

第三，人的一生可能很长，但关键的选择却只有几次。

同学们刚刚毕业，你们正面临的人生选择是其中很重要的一次。希望大家在做出自己一生中的这次重大选择时，眼光要看远些，视野要开阔些，不要盲目赶潮流。人生最好的机遇往往是在别人还未重视的地方。

几天前，我在参加一次国际会议时见到美国加州大学圣巴巴拉分校的杨祖佑校长，这所学校在过去二十多年中进步很快，在 1998～2000 年中共有三位教授获诺贝尔奖。杨校长谈起该校进步原因时讲了一个故事，对我启发很大，在此与大家分享。

该校化学系的 HerbertKromer 教授在 20 多年前，对他的系主任说："我们系上只有 20 多位教授，资源有限，设备简单，在硅半导体方面无法与资源丰富的 MIT、Berkeley、Stanford 及硅谷的工业者竞争，将来的方面，应集中精力找一个 Niche（利基）方向，应朝 Heterostuse-HybridMaferial 方向走，避开人人在走的主流'硅'方向。"20 年后，他于 2000 年得到了诺贝尔物理奖。

同学们，"毕业"的英文"graduation"的词根不是"完成""结束"之意，而是蕴含着开始、进步的意思。我觉得今天的大会不应是庆祝"结束"，而应是欢呼开始。祝你们的生命之舟在新的岁月里启航，满载对未来的畅想和憧憬，直挂云帆，乘风破浪。母校将永远支持、关心、关注你们，也盼望同学们今后一如既往地关心和支持母校的建设与发展。由于学校的条件所限，在过去几年中对同学们有许多照顾不周之处，谢谢大家对学校的理解和支持！祝福你们，希望你们一路平安，一帆风顺！

谢谢！

常以"公德""他人"为念，以诚信为则，订定人生目标，探索生命奥义，你们必将获得最心安理得、最温暖美好的人生；你们也必将为自己及下一代创造一个更健康、更进步、更幸福的社会。

常以公德为念，常以诚信为则

——在 2006 届本科生毕业典礼上的致辞

（2006 年 6 月）

李嗣涔
台湾大学校长

圣严法师、各位主管、各位同学、各位家长、各位校友：

大家好！

今天我们在这里以欢喜、祝福、期许的心情为各位毕业同学举行毕业典礼。毕业典礼用英文来说是 commencement，又是"开始"的意思。这表示从今以后，你们要"开始"踏上人生的另一旅程，进入一个叫做"社会"的大学，而那旅程的曲折、起伏、艰辛绝对倍于你们以往的旅程。站在师长的立场，我有几句话要跟你们说。

基本上，在过去的岁月里，你们是备受爱护与照顾的一群，也许有生活里小小的挫折、悲伤、痛苦，但其实都算不

57

得风浪。平顺的读书生涯，你们感受到的大抵是欢乐、是热闹、是喜悦。对外在世界的风云变化，对人生责任的担负、践履，你们比较难以体会。但是，从今以后，那种在单纯的校园里，单纯地汲取知识、单纯地交友、单纯地投入活动、单纯地享受等等，都渐渐不可再得。你们必须做好心理的准备，勇敢迈向前去。

我这样说，并不是要你们误以为外在的世界是如何诡谲，人生的道路是如何辛苦。我只是提醒你们，一生中可以完全享受父母、师长、社会所提供给你们的种种资源，而不必回馈的黄金时光即将结束，今后是你们渐渐点滴回馈、担负责任的时候了。为你们即将开始扮演新的角色，我愿意提供一些人生的经验供你们参考。

1. 要有公德心，心中有"他人"

长期以来，我观察我们的同学，发现有些人恒以"自己"为核心关怀，少有"公"的观念。比如草丛中、石阶上常见的饮料盒；在上课的教室旁喧哗、打球；走在路上一字排开，旁若无人；在禁止停车的地方，自行车随便停放……这些画面在台大校园里，日日可见，它们正反映了部分同学"唯己""无所谓"的态度——欠缺公德心，也欠缺对他人的尊重。这样的行为、这样的态度，带到了社会上，会导致一个脱序落后的社会。各位如果想做一个有教养的人，一个被器重的人，便需凡事有"公"的思维，"勿以恶小而为之"，要有同理心，凡事能设身处地为他人着想。

2. 唯诚信能立身行事

诚信本是人类最基本、最重要的道德律——中、外皆然。因为它是人们相互信赖、社会清明的基础。各位同学，你们将来会有很多人在各行各业出人头地，成为精英，成为领导者，你们的品格与价值观将决定这个行业的兴衰。我希望你们应该毫不迟疑地把台大的校训"敦品励学，爱国爱人"当作立身处世永恒的座右铭。

3. 订定人生目标，探索生命奥义

目前大学的教育是以课业为主，有许多同学并不知道自己读书为的是什么，想要的是什么，亦即没有明确的人生目标。耶鲁大学曾经就"目标"对人生的影响进行过一项长达25年的追踪研究，结果发现能够及早确立人生目标的学生，未来在社会上会有较大的成就。人生的目标不应只是求取生存的学问、社会的地位，还应该加上探索生命的奥义。唯有了解生命的本质，才能从内心里对人产生真情、热情，也才能促成互相关心、互相了解、互相信赖的群体。我们的社会也才容易产生积极的、有为的、富有理想性的创造力。

各位同学，如果你们能常以"公德""他人"为念，以诚信为则，订定人生目标，探索生命奥义，你们必将获得最心安理得、最温暖美好的人生；你们也必将为自己及下一代创造一个更健康、更进步、更幸福的社会。

最后，我要提醒你们，你们即将进入一个更大的社会大学，你们会有更难的习题，而且更不容出错。但你们也无须恐慌。只要不忘师长的教诲，不忘先贤的启发，不忘母校的校训，不忘你们在杜鹃花城曾有的笑与泪、理想与挫折，以及彼此共有的砥砺，千山万水你们都将轻易跋涉。在这凤凰花开的时节，我谨代表全体师长同学，祝你们鹏程万里，祝你们荣耀母校，祝你们生命如凤凰花般灿烂。

初出茅庐，只身行走，有一种素质至为重要，这种素质，我把它叫做定力。定力是处变不惊，是随遇而安，是洁身自好，是锲而不舍。期盼各位在漫长的人生旅途上，定力如磐而行走无疆。

定力如磐　行走无疆
——在 2009 届毕业典礼上的致辞
（2009 年 7 月 3 日）

章必功
深圳大学校长

同学们：

祝贺大家，从明天起，劈柴喂马走天下。

当今天下是一个热情洋溢的世界，也是一个浮华躁动的世界；是一个充满机会与竞争的世界，也是一个充满诱惑与欲望的世界。初出茅庐，只身行走，有一种素质至为重要，这种素质，我把它叫做定力。

定力本是佛家语，指理念坚固、心地清净、克制物欲、适应环境的意志和开启智慧、觉悟真理的心源。其实佛家之外的现代世俗生活，缺少佛家戒律的约束，更要依靠自身的定力。

定力是处变不惊。历史上有许多年份，风平浪静；也有许多年份，风急浪高。碰上后一种时势，所有的人都要面临更多的风险，接受更多的挑战，分担更多的责任。这是一种个人生活的偶然，又是一种历史生活的必然。2009 年恰恰就是风急浪高的一年。先是金融海啸，重伤经济，就业困难；又有甲型流感，威胁生命，干扰生活；加上 2008 南方雪灾和汶川地震的余痛，我们每一个人都感受到了不同往常的生活压力。这个时候，毕业下海，冲浪社会，没有定力，难以从容进取。尤其是工作尚未着落、深造尚未如愿，或者试出校门已经遭受挫折的，更须处变不惊。今日中国以人为本，国内经济正逐步企稳，且国家地大物博，东西南北均需人才，寻求工作，总有渠道，寻求发展，总有机会。选择深圳、选择家乡，或者选择其他地区，都是大道青天。成语"条条大路通罗马"，就是这个意思。

定力是随遇而安。每个人都有不同的境遇，这境遇或许是自己满意的，或许是自己不满意的，甚至是一种无可奈何的屈就。这并不异常，人，志向不同，机会不同，能力不同，资历不同，人脉不同，境遇自然千差万别。但是，美丽人生的一条铁律，就是随遇而安。无论何种境遇，都要冷静面对；无论何种职业，都要安心就职。要明白，这个世界上，多数人的职业岗位并不是自己的初衷。要看到，每一种职业，或者说每一种岗位，都有各自的前程。更要理解，每一种境遇也都有自己的惬意境界。几米的漫画，一位小姑娘天天到河边看鸭子游泳，自己却不会游泳，但是她天天快乐地去，天天快乐地回。画外音是，许许多多的人会在这样平凡的生活中拥有自己的幸福。随遇而安，并非固步自封。有想法的，应该做好当下，等待机会，而不是做砸当下，空想未来。一些人之所以东家聘，西家请，就是因为这些人的职场经历显示了随遇而安的职业操守和职业成效。

定力是洁身自好。社会生活从来是真善美与假恶丑的交织，社会关系也是真善美与假恶丑的交织。要抗住纸醉金迷的诱惑，守住洁身自好的尺度，"任凭弱水三千，我只取一瓢饮"。社交可以积极，交友则须谨慎，遇上一开口专说别人坏话的，要小心；遇上当面一套背后一套的，要十分小心；遇上谋取名利不择手段的，要格外小心。亲君子，远小人，做君子，不做小人。君子坦荡荡，小人常戚戚；君子谋事不谋人，小人谋人不谋事；君子爱财，取之有道，小人爱财，作奸犯科。电影《舞台姐妹》有一句话听了三十年，至今犹新，那就是"认认真真地唱戏，清清白白地做人"。

定力是锲而不舍。锲而不舍，方可创业。创业的路，从来艰难，开头最难。内心要有屡败屡战的准备，也要有铁树开花的自信。锲而不舍，方可治学。治学的路，从来艰难，持久最难。内心要守得住寂寞，要抛得开功利，风吹雨打不动摇。锲而不舍，方可出类拔萃。像马丁·路德·金追求他的梦想，像史蒂芬·威廉·霍金追求他的宇宙，像《千手观音》的表演者——一群漂亮的聋哑姑娘追求她们的舞蹈，像"长江三峡，黄河九曲，心有朝阳，终流大海"。

相信定力之理，人所尽知。但古人说"知之非艰，行之惟艰"，临别唠叨，是期盼各位在漫长的人生旅途上，定力如磐而行走无疆。

好运，亲爱的同学。

再见，亲爱的同学。

精明处事的方法很多，但切忌抄捷径的不当行为；有不少化解困难的明智方法，却非马虎草率。要以诚信处世，不可违心，正直地运用学识，要对社会尽责尽心。

正直地运用学识
——第一百八十一届学位颁授典礼上的致辞

（2009 年 12 月 8 日）

徐立之
香港大学校长

副校监先生、各位来宾、各位家长、各位同事、各位同学：

欢迎出席香港大学第一百八十一届学位颁授典礼，我很高兴在这里跟大家讲话。

各位 2009 年毕业的同学，今天你们完成了人生的一段里程，同时也开启人生的新一页。

你们经历了多年奋斗才走到这个顶峰，这是值得自豪的成就。大学和我以及今天一同出席的亲友，都以你们为荣，此所以我们共聚一堂，加以庆贺。

我谨代表大学向你们衷心祝贺，祝福你们前程锦绣，事事如意。

63

这一刻，当你准备向前迈进时，别忘了以往沿途扶你一把的人。你们要紧记，在人生征途上，你们并不是独自上路闯关，实际上每一步都有赖许多人对你们的能力和才华投以信心的一票。他们或曾在精神上或经济上给予支持，或是两者皆有。你们必须衷心感谢，我们也要向他们表示敬意。

各位毕业同学，你即将走向人生的新阶段，临别之际，我有几句话要跟大家说。

首先，我们都明白大家现时正处身于极富挑战的时代，世界瞬息万变，我相信各位毕业同学和你们的家人都十分关心你们即将投身的社会。

我要跟大家说的话就是：当以无比信心面对挑战，以坚毅意志应对困难。

你们在这所大学完成学业，现在已具备所属专业的学识，具备剖析能力和技巧，才智俱佳，并得到港大给予你们的最好装备。我相信你们一定能成功投身社会，期间纵有少许波折，也必定能从心所愿，顺利发挥所长。

因此，你要对自己充满信心，以坚毅意志面对困难。毕竟，你们是香港的第一学府——一所世界顶级大学的毕业生。

其次，我希望提醒你们，精明处事的方法很多，但切忌抄捷径的不当行为；有不少化解困难的明智方法，却非马虎草率。要以诚信处世，不可违心，正直地运用学识，要对社会尽责尽心。每有疑惑之时，应以校训"明德格物 Sapientia et Virtus"作为箴规，加以反省。

第三点，我希望你们谨记"学海无涯"，尤其是在现今知识型经济环境下，如果你希望在长远未来能充分发挥个人才华，大家就需要当一个终身学生。

这刻，我们是活在一个瞬息万变的时代，我们所处的世界也较以往任何一个年代更加科学化，科技更先进。我们亦因科技有更密切联系、更互相依赖。

不过，我想提醒大家，虽然我们现时的沟通方法新颖，有别于从前，但是大家所感受到的社群意识和归属感从来未有变改。

科技日新月异，世界趋向全球化，现时大家交往和联系的社群已伸展至全世界，因此，你们对于这个环球社群，也有应负的责任。

作为港大的毕业生，你们必须勇于接受成为环球公民的机遇，迎向挑战，肩负起环球公民的责任，并且要明白个人的决定对其他国家、种族和宗教都有着影响。

在港大的栽培下，你们掌握了丰富学识，理应学习如何有理有节，因时制宜地将学识善加运用。

最后，各位亲爱的毕业生，外面的世界很大，机遇俯拾皆是，等待你们去探索。我希望你们能好好把握，开始灿烂的人生旅途。

你们也要谨记：自己永远是港大这个大家庭的一分子。

港大永远是你的大学，港大以你的成就为荣，你也应为自己的成就骄傲。

诚然，大学将会倚仗你们的不懈支持，我希望未来的港大同学，同样感受到你们所拥有的身为港大人的独特经验，达致薪火相传。

让我再次祝贺今届所有毕业同学，并祝大家在未来新里程里，一切顺利，并有美满的成果。

徐立之　香港大学校长

正直地运用学识

希望你们重新审视并尽快走出校园。不要只用规范的眼光看世界。生活世界一定不规范，有时还抵制规范。不要把符合逻辑或看似普世的话都当真或太当真。

谈谈《天下无贼》
——在 2009 届毕业生欢送典礼上的致辞

（2009 年 6 月 29 日）

朱苏力
北京大学法学院院长

🎤

    你们就要走出校园了，有些话老师该说不说，那就是失职。因此，趁今天这个场合，我首先代表北大法学院和全体老师祝贺你们。也感谢你们多年的努力，造就的不仅是你们，还有我们此刻的成就感。但还想唠叨几句。话题是几年前看电影《天下无贼》留下的，一直耿耿于怀。

    影片中，傻根忠厚老实，对所有人都没戒心、不设防。怀了孕的女贼（刘若英饰演，以下涉及演员姓名均代表片中角色）突然良心发现，想保护傻根，生怕他了解了生活真相，失望、受伤或学坏，愿意他"永远活在天下无贼的梦里"。男贼（刘德华饰演，以下涉及演员姓名均代表片中角色）则认为，不让一个人知道生活的真相，就是欺骗，生活要求傻根必须聪明起来，而一个人只有吃亏上当受过伤，才能重获新生。他强悍地反问："傻根他凭什么不设防？他凭什么不能受到伤害？凭什么？就因为他单纯，他傻？"

这是两种教育理念的尖锐论战，都有道理。道德高下也并非一目了然。今天中国几乎所有的父母、老师更多偏向刘若英。不是不知道生活有阴暗面，但怕年轻人学坏，不让他们接触，最多来些话语谴责。我们太注意区分知识的善恶，与时俱进，还搞了各种各样的政治正确。似乎只要严防死守，像对付 SARS 或"甲流"一样，或是装上个"滤霸"什么的，就不会有人感染，就能消灭病源，最终培养出一批时代新人，全面提升人类的道德水准和生活质量了。也就二十年吧，说是不能让纯真的心灵受伤，以保护隐私、防止歧视为名，我们就进步（或堕落）到从小学到大学都不公布考试成绩了！

鸵鸟战术不可能成功，校园也非净土。我只是担心有人被忽悠了。真傻还不要紧，傻人有傻福——想想傻根，而"天真是冬天的长袍"，能帮助我们抵御严冬。我最担心的是，过于纯洁、单一、博雅或"小资"的教育，一方面让人太敏感、太细腻，一方面又会让人太脆弱。考试不好都"很受伤"，那考不上大学呢？求职或求爱被拒呢？更别说其他了。瓷器太精致了，就没法用，也没人敢用。生活中谁还没个磕磕碰碰？

也确实很难接受刘德华的"残酷教育"，更无法实践。影片中，刘德华也没做到。他还是倒下了，为保护梦着天下无贼的傻根。更可怕的是，刚听罢"无毒不丈夫"，一转身，理论联系实际，活学活用，李冰冰就满含热泪恳请原谅，把自己的导师交给了警察。老奸巨猾的黎叔只能连连感叹"大意了"。两个字——报应！

67

莫非我们和刘若英一样，"怕遭报应，想做点善事积点德"。但一时的善良会不会变成长远的残忍？而且，我们真的善良吗，或只是为了证明我们善良——其实证明的是我们的虚幻、虚弱并因此是虚伪？

这是教育的深刻且永远的两难。由此才能理解中国古代的"易子相教"、斯巴达教育及毛泽东的"大风大浪培养革命事业接班人"。但这还只是生活磨难的替代品。严苛不让人长记性，吃一堑才能长一智。我有时甚至怀疑，今天大学搭起的知识殿堂，只是暂时搁置、部分隔离，更多是推迟了你终将面对的严酷，也缓解了我们内心深处的疑虑和不安。

知识也未必能走出这个困境，尽管我们常常"王婆卖瓜"，说什么"知识改变命运"。这话没错，但弄不好也会，甚至很误人子弟。它夸大了知识、博学、思想和理念的作用，捎带着也就夸大了知识传授者的意义，却低估了行动的意义，更严重低估了行动者的艰难。其实，至少我，或许还有其他老师，选择校园并不只因为酷爱学术、追求真理，还部分因为读书比做事、特别是比做成事更容易，也更惬意。校园教育注定是残缺的。它确实拓展了你某些方面的想象和思辨能力，却也可能因此弱化了你应对和创造生活的能力。

出于责任，而不是愧疚，我把这些困惑和担忧，包括自身局限，都告诉你们。就是没法给你一张 IQ 卡，也没有密码，而且"是真没有"，即使"这可以有"，即使你像范伟一样举着斧子。希望你们重新审视并尽快走出校园，不要只用规范的眼光看世界。生活世界一定不规范，有时还抵制规范。不要把符合逻辑或看似普世的话都当真或太当真。生活不是逻辑。真正普世的无需倡导，有人促销的则一定不普世，还可能假冒伪劣。如果没有准备，一旦遇上忽悠行家或策略高手，甚至卑鄙小人，你就会手足无措。无论是消极无为，还是同流合污，即便愤世嫉俗，那也是行动力的丧失。说不定，一次情感创伤就毁了你的善良和未来。

你就得像宋丹丹说的，"做人就是要对自己狠一点"。请记住，是对自己。要抗造，经得起摔打，顶得住飞来横祸或无妄之灾。《好人一生平安》也就一首歌，听听就行了。出门被车撞的，并非都是，其实基本不是不肖子孙或贪官污吏。就算民主法治能让国家长治久安，也消除不了办公室政治。《安徒生童话》里，你也得走到结尾，才能"从此过着幸福的日子"。

不是说放弃诚实和善良。只是老百姓说的，"害人之心不可有，防人之心不可无"。真正的善良只能出自知情的选择和坚持。

这些话冷峻，却不冷酷，更非冷漠。怎么可能不希望你们每个人都一帆风顺？只是既然你走进了这个校园，生活在这个世界，你就注定不是为重复昨天的故事，听从教科书的安排。我们只能创造你的此刻，你要创造的却是自己的未来。你要实现的，不是别人——包括父母——对你的期待，而是，最好是，你对自己的期待。你必须有能力承担起想象中你独自无力承担的责任，即便是为人子或女，为人夫或妻，为人父或母，为人师或友。

而且你们是共和国的年轻公民！你们当中应当产生，也定会产生这个国家和社会各行各业的精英，甚至领袖。我们的共和国很快将迎来她的 60 周年，但凭什么说你的今生今世或此后，中国就不再遭遇汶川地震，就没人折腾了，就没人

朱苏力　北京大学法学院院长　谈谈《天下无贼》

69

打西藏、台湾或南海的主意了，或贪婪不再引发其他什么全球危机，人类就此与"9·11事件"决绝，一路高歌，直奔历史的终结。

过去一年来，我强烈感到，中国不是正走向，而是被推上更大的世界舞台。主要还不是"奥运"，而是金融海啸。当然还有"索马里护航"、美国要中国为巴基斯坦提供军备及盘算中的收购"悍马"或"沃尔沃"。即使看似波澜不惊，也意味着波澜壮阔、也一定波诡云谲的挑战。不尽是机遇，一定有莫测的风险、陷阱、圈套，弄不好还有灾难。

而所谓精英，就是人们感觉良好，他却见微知著，小心翼翼，默默为整个社会未雨绸缪。这就是先天下之忧而忧。仅有理想、知识或爱心还不够，你们必须，也相信你们会坚定、冷静、智慧和执著，还必须有人准备，紧要关头，挺身而出，当仁不让，承担起对这个民族乃至人类的责任，直至为之献身。这就是后天下之乐而乐。

我不是推荐这条路。没有。我只是指出有这么个选项。和天下的父母差不多，其实，我们更愿意你们平平安安。也算想过，却未必期待你们成为英雄。英雄路注定坎坷，更是狭窄，无人允诺，更没法保证，你选择了，终点就是成功，而不是悲壮。至少，我的这番婆婆妈妈，在很大程度上，恰恰是想到了，你们当中也难免有人失落、失意甚或失败。

但无论如何，我们都祝福你们！北大法学院都祝福你们！

也无论如何，我们都尊重你们各自的选择，并相信你们会无怨无悔！

坚守知识分子的行为底线，勇于成为有品德、有涵养、具有领袖素养和民族责任感的国家栋梁之才。

愿你们真正成为国家的栋梁

——在 2010 届毕业典礼上的致辞

（2010 年 7 月 3 日）

郑南宁
西安交通大学校长

亲爱的同学，老师们，尊敬的各位家长和来宾：

大家上午好！

今天是一个特殊的日子，我们欢聚在一起，共同分享同学们毕业的兴奋和喜悦。在这里，我谨代表学校向在座的各位同学表示衷心的祝贺！

大学几年，如白驹过隙，但它又是人生中最宝贵的一段时光。红顶灰砖的教学楼，庄严恢弘的钱学森图书馆，还有绿荫蔽日的梧桐树下，彩蝶飞舞的樱花道旁，都留下了你们青春活泼的身影。而世代相传的交大精神也早已潜移默化地融进你们的血液，并将影响着你们未来的生活。

上世纪前 50 年，尽管当时战争不断、社会动荡，但无论是坐落在大都市的著名学府，还是偏安一隅的地方大学，都有一批充满魅力的学者，他们有着非凡的学术造诣、严谨的治学态度、执著的人生追求、丰富的人生阅历，以一种对国家、对民族、对学生的深切的爱和责任感，倾心教育，在向学生传授知识的同时，启迪人生智慧。

时至今日，三十余年的改革开放，使中国在经济上取得了巨大的成就，即将成为世界第二大经济体。与此同时，中国的大学也经历了由传统到现代的蜕变。市场机制的导入和社会的转型对中国大学的功利化影响，教师群体价值追求的多样化，青年教师人生经历的单一化，使得大学在急剧变化的时代面前显得有些力不从心，困惑重重，甚至创建世界一流大学的口号也成为一种"时尚"。同时，巨大的生活压力、快捷的生活节奏、各种社会喧嚣和诱惑，也使我们很容易沉浸在物质生活的漩涡里，许多年轻人很难静下心来追问自己："究竟要追求一种什么样的人生？"

大学被称之为社会的精神高地，她理应成为指引社会发展和人类前进的灯塔。在建设市场经济的过程中，面对物欲横流所带来的种种问题，我们应该努力找回失落的大学精神，维护大学校园的平静、优雅和从容。这需要大学的从业者恪守大学的德性良知，捍卫大学的尊严；也需要从大学走出的你们，坚守知识分子的行为底线，勇于成为有品德、有涵养、具有领袖素养和民族责任感的国家栋梁之才。作为一个有理想、有责任感的公民，你们应当以积极的行动参与到中国社会的伟大的变革中去。

讲到这里，不由得让我回想起30年前搅动中国大地的"潘晓讨论"。当时我正在读研究生，我想在座的一些同学的父母或许也参与过这场讨论。1980 年第 5 期的《中国青年》杂志刊发了一封署名"潘晓"的来信《人生的路呵，怎么越走越窄》，这封信用沉重、哀怨、激愤的心情述说了自己对人生追求的迷茫和失望的过程，由此引发了来自全国 6 万多封读者来信，对青年人的人生和对中国社会未来的深度思考。

历史总是有着惊人的相似，在历史发展的变革时期，青年一代都有着追求人生幸福的梦想，同时也有着迷茫。与当年"潘晓"纠结、困扰于"主观为自我，客观为别人"的这种人生观大讨论的时代相比，你们有着和 30 年前完全不同的迷茫。那时，相当多的青年人因为无法对自己的人生道路和生活方式进行选择，个性的"我"得不到自由发展而痛苦；现在的你们，却因可选择的太多但不知做何选择和如何去充分实现个性的"我"而迷茫。从当年的"潘晓们"身上，你们应当发现和学习那个时代的青年人所洋溢的理想主义精神和对人生价值的积极思考。尤其是，在理想主义和价值追问不断被遗忘甚至被嘲弄的今天，敢于向时代发问，应是我们青年学子所坚守的一种精神品性。

今年，全国大学毕业生人数再创新高，达到 630 万，就业竞争之激烈可想而知。生活总会默默地告诉我们，人生旅途并非总是一帆风顺的，总会遇到困惑和挫折。我想在座的大多数同学一定看过《杜拉拉升职记》，从中你或许能够学到职场的生存规则——如何在职场游刃有余，如何从"笨鸟"成长为职场上成熟的"白领"，这些都是学校里学不到的。我相信你们会演绎出比其更为精彩、成功的人生经历，用你们的行动诠释新时代的"潘晓之问"，真正成为国家的栋梁。

郑南宁 西安交通大学校长　愿你们真正成为国家的栋梁

73

同学们，今天的毕业并不意味着"学习"的结束，社会是人生的大课堂，还有更多的新"课"等待着你们去学习和参与。在匆忙前行的人生路途中，在为生活奋力拼搏的时候，你们应当牢记：学识永远比财富更宝贵。希望你们学会时常静心思考人生，用理性和热情去实现自己的人生理想。

母校祝福你们的未来光明、幸福！谢谢大家！

我认为自信是一个人最重要、最可贵的正常心态，或者说最重要的人生态度。只有自信的人，才能正确地看待自己，也正确地看待他人，才能在社会上找到自己的合适位置，与整个世界和谐地相处。

以自信的人生态度面对人生挑战

——在 2010 届本科生毕业典礼上的致辞

（2010 年 6 月 28 日）

朱崇实
厦门大学校长

尊敬的各位老师、各位同学，同志们、朋友们：

大家早上好！

岁月如梭，又到了六月，又到了美丽的凤凰花开的时节，又到了要相互道别的日子。今天，我们在雄伟的建南大会堂隆重举行厦门大学 2010 届本科生毕业典礼，欢送今天毕业的 4841 位本科毕业生。首先，请允许我代表全校师生员工向圆满完成学业、即将踏上新的人生旅途的 2010 届本科毕业生致以最热烈的祝贺和最美好的祝愿！向所有为你们的成长付出辛劳、默默奉献的师长、亲人和朋友致以崇高的敬意和衷心的感谢!

昨天,我们也在这个雄伟的大会堂举行了 2010 届研究生毕业典礼,我在毕业典礼上向同学们致辞,送给同学们诚挚的祝福与殷切的期望。我的祝福与期望是:期望同学们能牢记校训,自信地面对任何挑战,用自信的人生态度去拥抱人生。今天,是本科生的毕业典礼,要送给本科毕业生们什么祝福呢?我再三思索,觉得本科生比研究生更加年青,更有激情,更少磨难,也更有可能在挑战面前感到茫然。因此,我认为本科毕业生与毕业的研究生一样,需要对自信有一个更加清醒的认识,需要自信,甚至更加需要自信。所以,我今天给在座各位的祝福,也是期望各位牢记校训,自强不息,止于至善,以自信的人生态度去勇敢地面对自己即将踏上社会之后可能遇到的任何挑战。

同学们,中国的改革开放带来了中国经济三十年的高速发展,三十年的高速发展给中国社会带来了一系列的巨大变化,人们在赞叹繁荣与进步的同时,也在抱怨污染与贫富分化;人们渴望着工业化带来的生活激情,同时也日益感受到竞争带来的沉重压力;发展让空间变小了,让时间变短了,"人生苦短""光阴似箭",这种感觉现在是万般的真切!可以说,在座的一代青年正面临着前所未有的挑战!但挑战与机遇总是并存,只有敢于应对挑战,才有可能得到机遇。在挑战面前是接受还是退却,成了我们每个人必须做出的选择。为此,每当毕业来临,同学们要告别母校,奔向社会接受挑战时,我常常在想我们的同学究竟做好准备没有,做好应对困难接受挑战的准备没有?根据我个人的观察与思考,一个人要能够战胜各种挑战,要有三件法宝,即知识、才干与心态。我想在座的各位都具备了应有的知识与才干去面对挑战，所以我想仅就心态这一问题说点看法。

七年前，在我接任厦门大学校长之初，有一位记者问我，你上任后最想为厦大做的贡献是什么？我说，我想为厦大做的事情很多，但最想做的是如何进一步提升厦大学生的自信心。去年12月我和我们的之文书记一道率团到香港参加我们的厦门大学香港校友会成立60周年庆典活动，活动期间我们的校友香港证交所主席（当时是候任主席）李小加博士告诉我，说他几年前看到一篇报道说我担任校长最想做的一件事是如何进一步提升厦大学生的自信心，他说他非常赞同我的看法。我说是的，我说假如现在有人问我你这七年做了哪些你自己感到满意的工作，我会说自己最满意的就是厦大学生的自信心有了进一步的提高。我还要告诉各位，李小加博士是厦大外文学院1984届的本科毕业生。厦大本科毕业后，他在《中国日报》工作了数年，后又到美国完成了研究生的学习与训练，研究生毕业后担任过律师，后又到华尔街工作，曾任J.P.摩根公司的中国区总裁。去年被聘为香港证交所主席兼行政总裁。李小加是香港证交所成立一百多年来第一位出生在大陆毕业于厦大的CEO，他始终感谢母校给予他本科阶段的良好教育和锻炼。他是我见到过最有自信的人之一。他无论是做石油钻井工人，还是做报社编辑；不论是做记者，还是做律师；无论是做美林的项目经理，还是做J.P.摩根公司的地区总裁，他都自信地认为自己适合这个岗位，都自信地认为自己能够做好工作，而且确实做得很好。我们的这位校友无疑是一位成功的人，但我首先赞赏他是一位自信的人。

为什么我如此重视一个人的自信心？因为我认为自信是

一个人最重要、最可贵的正常心态，或者说最重要的人生态度。什么是自信？翻开《辞海》和各种著作，对自信有多种的解释。我的解释是，自信就是相信自己在社会上有一个合适的位置，自己能与社会和谐相处。哪怕这个位置一时不合适，经过努力或调整也会达到合适。对于心态也有多种的描述，乐观的心态、悲观的心态、积极的心态、消极的心态、自由的心态、保守的心态等等，但我认为最为重要的划分是自信、自卑和自大这三种心态。因为这是人类最基本的心态，而且这三种心态又是相互关联的，过于不自信很可能就变成自卑，而过于自信、盲目自信很可能就变成自大。自卑与自大也会相互转化，自卑的人常常表现得非常的自大，而自大的人一遇挫折往往就变得自卑。一个人在心态上无论是自卑或自大，他往往都无法摆正自己在社会上的位置，都很难与自己的周围和谐相处。只有自信的人，才能正确地看待自己，也正确地看待他人，才能在社会上找到自己的合适位置，与整个世界和谐地相处。

当然，心态是世界上最复杂、最多变的一种精神状态，一个人的心态往往是自信、自卑、自大交织在一起，只有自信，而没有自卑或自大的人是极少极少的。因此，当我们感觉到自己有自卑或自大的心态时，不必紧张，只要正确对待，并加以调整就好了。但怕的是我们自己意识不到自己有这样的心态。所以，当你走出校门步入社会，在生活或工作中遇到挫折或麻烦的时候，你一定会寻找发生挫折或麻烦的原因何在，千万记住，在查找原因的时候，首先查查自己的心态，是不是因为自卑或自大的心态影响了你的生活与工作，给你带来了挫折与麻烦。

说到这里，我由衷地期望在座的各位同学都能保持一个自信的心态，相信自己是这个世界必不可少的一个分子，是这个社会必不可少的一个成员；相信自己能为这个美好的世界增光添彩，能为这个美好的社会添砖加瓦；相信自己能与社会和自然和谐地相处。有了自信的心态，你就会懂得幸福、懂得美好、懂得宽容、懂得感恩、懂得责任、也懂得奉献；有了自信的心态，你就一定能为自己的理想而脚踏实地地不懈奋斗，可以言败，但永不言弃，失败了查找不足从头再来继续奋斗，有了永不言弃的精神，胜利一定属于你；有了自信的心态，你会无比的感恩这个社会、感恩自己的父母、感恩所有关心和帮助过自己的人，从而当自己有能力时你就会尽自己所能去报答和感谢他们。总之，自信的心态会让你活得自由、活得自在，会让你为了这个美好的社会而辛勤地劳动，同时也尽情地享受。

同学们，朋友们，厦门大学是一所自信的学校，"自强不息，止于至善"这八字校训是何等的自信！厦门大学在自己建校90周年的历程中，无论多么的艰难困苦，从来没有言弃，始终坚持自己的理想并为之不懈地奋斗。同学们，我希望你们始终牢记自己的校训，以自信的人生态度去面对人生的挑战！

离别的时刻最为珍贵。今年的凤凰花开得特别少，我感觉好像这凤凰树有点舍不得与各位亲爱的同学说告别，我也一样。但不管如何不舍，还是要与各位说声再见！同学们，朋友们，你们把自己人生最美好的四年留在了厦门大学，不管你愿意与否，厦门大学这4个字将与你终身相伴，在座的各位都已深深地烙上了厦门大学的印记，而且这印记将会伴

以自信的人生态度面对人生挑战

随你的远离而越来越深！我前两周在美国访问，见到了我们的一些校友，他们问我最希望校友能帮助母校做点什么？我说，我最希望校友们做的就是时时刻刻记得母校，有什么事都想着这与我们的母校有没有关系？有空的时候会惦记着回母校走走看看。我觉得这就是校友对母校的最大帮助。一所学校有这样的校友，这所学校就不可能不进步，不可能不伟大！同学们，朋友们，明天你们就要迈出校园，步入新的生活。你们即将成为厦门大学骄傲的校友中的一员，我由衷期望你们时刻记着母校，抽空常回家走走，始终把母校的进步与发展与个人的进步和发展联系在一起；我由衷地期望你们永远把母校当作自己一位忠实的、可信赖的朋友，这个朋友愿意分享你成功的喜悦，更愿意在你困难的时候助你一臂之力！

最后，祝各位同学鹏程万里，一路平安！

谢谢大家！

为邻共舞，并非艰难，它只需要一本最朴实的护照，上面写的不是才情，不是个性，不是地位，也不是财富，而是诚信。

怀抱诚信　冲浪人海
——在 2010 届毕业典礼上的致辞

（2010 年 7 月 1 日）

章必功
深圳大学校长

今天，又到毕业聚会时。一届同窗，六千才俊，最后一次携手比肩，为荔园创作满园的欢笑，满园的离歌。

明天，各位就要独自前行，融入茫茫人海。

人海是陌生的，载风载雨，载沉载浮，新手如何适应？你是胸有舟楫，还是心有阴霾？我的建议，尽快打造与人为邻、与人共舞的人际磁场。没有这个磁场，要想生活顺利、事业精彩，恐怕办不到。

人，最难相处，也最易相处。

人有一定的排他性和占有欲，有一定的自以为是的价值判断，以及由此产生的固执的傲慢与偏见、机械的等级观与门第观、不公平的制度设计和不择手段的利益竞争，所以萨特说"他人是地狱"（独幕剧《禁闭》台词），鲁迅说"我向来不惮以最坏的恶意推测别人"（杂文《记念刘和珍君》）。

人更有相互依存性，有强大的"我们"意识，有牢不可破的谋求人类自身发展的人本观念，总要同舟共济，总要相互帮助。高中毕业时，一位女生对我说，你一辈子要人帮你。回想一生，的确如此。相互依存、相互帮助，是人的社会属性，也是人的智慧理性。人的排他性，不能阻止人的博爱、人的合作、人的互助，不能阻止"我们"的日益升华。惟其如此，才能有"铁达尼号"沉没时该船乐队的忘我演奏，才能有川北大震时无数志愿者的云来雨集。人，这个原本称作"裸猿"（the naked ape）的族类，才能丢下石头操纵光电，才能高声呐喊"生而平等"。所以，我宁肯说"他人是天堂"，宁肯说"我向来不惮以最好的善意推测别人"。

你我都应当保持"我们"理念，实践"我们"理念。不要害怕与人交往，一接触就紧张，像个刺猬。不要漠视与人交流，一出门就沉默，像根木头。也不要拒绝与人交际，离群索居，扮宅男，做宅女。这样子，按"人学"实现自我、发展族类的尺度衡量，实际上是对个体生命的压抑，对自我活力的冷冻，对人际生态的禁锢。

你要坚信，人海陌生，质地温暖。只要你能够与人为邻、与人共舞，社会上就有许许多多的热心人，等你结识，等你合作。在我们教工餐厅，一位 5 岁的女孩主动坐到一位她从未见过的 50 岁的教授面前，教授问："你不怕陌生人？"女孩说："这个世界没有陌生人。"假如你还没有恋爱、没有结婚，极有可能，正有一位素不相识的青年等你相约、等你相爱，直至成为你的妻子或丈夫。难怪有人说，流行歌曲最富美感的歌名是《只爱陌生人》。

为邻共舞，并非艰难，它只需要一本最朴实的护照，上面写的不是才情，不是个性，不是地位，也不是财富，而是诚信。

诚者，心意真实；信者，言行真实。诚信，"人有言，言必成"，真心待人，言行必果。是人际磁场的磁铁、是为邻共舞的基石。交友有时，诚信缺则反目；共事有时，诚信缺则交恶；相恋有时，诚信缺则分手；结婚有时，诚信缺则分家。诚信待人，虽蚁族蜗居，客来客往；虚假待人，虽宝马香车，门庭冷落。人无诚信，茕茕孑立，谁敢信任？谁肯帮助？

诚信第一戒是不打诳语，诳语是欺骗，骗人一次，绝交一世。诚信戒食言，"一诺许他人，千金双错刀"。不可出尔反尔，食言而肥。诚信戒浮夸，据实而言，量力而言，切忌开空头支票吊人胃口，吹泡沫牛皮伤人期待。诚信戒敷衍，行就行，不行就不行，不可拖泥带水，虚与委蛇。诚信戒毁约，与人立约，须守约履约，不可无事生非，坏其约定。诚信守公义，利他利人的事，尽力承诺；利他不损人的事，可以承诺；利他损人的事，不可承诺；违法乱纪的事，绝不承诺。前些年，一位银行校友，哥们义气，帮助一位企业校友，骗取贷款，制造了深圳的第一桩金融大案，教训非常沉痛。诚信磊落，胸襟光明，言行坦荡，不可口是心非，不可暗箭伤人。口是心非者，人必轻蔑；暗箭伤人者，人必唾弃。诚信主真相，黑是黑，白是白，鹿是鹿，马是马，忠于真实，揭露造假。前几天的世界杯，德国队扮傻，抱出英格兰的进球，虽然取胜，而诚信扫地，所谓"日耳曼战车"已是一部不干净的泥头车。

怀抱诚信　冲浪人海

我们自知，诚信荔园也不完美。很抱歉，我们未能消除强制诚信的尴尬，今年仍然沿用规定，使用了一些证书复印件，客观上捆绑了困难同学的诚信。我们也未能杜绝虚报贫困、考试作弊、内部偷窃的劣迹，影响了荔园的诚信高度。自应礼失求诸己，亡羊而补牢。

但我们仍然确信，诚信是荔园本色。在校四年，你们尊师重教、博览群书、攻克课程、顺利毕业，就是信守了求学成才的诺言；你们支援南国雪灾、支援川北地震、支教山区、服务社区，就是信守了热爱人民的诺言；你们批评校政校务、呼吁教育改革、针砭社会弊端、指点时政时局，就是信守了关心学校、关心天下的诺言；你们或努力就业、或积极创业、或潜心深造，就是信守了脚踏实地、自强不息的诺言；你们之间相期相许的情义、相扶相将的友爱，就是荔园盛开的诚信之花。

诚信通灵，诚信无敌。我们期待：荔园校友，怀抱诚信，冲浪人海，一帆风顺。

我希望你们在交大学到的，最重要的，是一种影响你们及你们周围的人做人做事态度的追求纯洁，高尚，和卓越的精神。这种精神虽然不会给你们带来立即的财富和名声，却是你们个人，以致国家社会健康发展，走向成功的基石。

坚守大学精神，思源致远
——在 2011 届本科生毕业典礼上的讲话

（2011 年 6 月 25 日）

张　杰
上海交通大学校长

———————— 🎤

亲爱的 2011 届毕业生同学们：

今天，我和在场所有的人共同见证你们完成人生一段最重要的学业，踏上新的征程。请允许我代表交通大学向你们表示最热烈的祝贺！从这一刻起，你们将离开菁菁校园，奔赴梦想的彼岸，愿你们以交大人的名义乘风破浪、勇敢前行！

在这告别之际，我提议，请同学们以最热烈的掌声，向培育你们的老师，向服务你们的教职员工，向关爱你们的父母亲人，向支持你们的朋友，表示最深挚的感谢！

你们是一群在我心目中有特殊位置的同学，因为你们是我作为上海交通大学校长亲手迎来的第一届本科生。四年前的9月，正是在这里，我参加了你们的开学典礼，那也是我参加的第一个交大开学典礼。那一刻我们共同感受了做一名交大人的激动心情。

四年里，我们共同成长。我们一同在BBS上"潜水、冒泡"，一起参加VOS晚会，一起顶"十大"，一起上News版和joke版，一起观看《交大那些事》。一同拨过"饿了么"的外卖电话，一同为国之伤痛而落泪，一同为奥运传递火炬，一同为祖国60华诞欢欣鼓舞！我清楚地记得，在光明体育场那个阳光明媚的早晨，作为"跑虫"中的一员，我和你们一起分享晨跑的欢乐；我也清楚地记得，在世博园中那个大雨滂沱的傍晚，你们亲手为我别上"杰哥威武"的徽章而带给我的感动。四年里，和你们在一起，我见到了绽放在"交白""蓝莓"脸上最美丽的笑容；和你们一起，我了解了你们为"天使之路"上从天而降的礼物而苦恼；图书馆中，为"推书团"和"清书团"的不期而至而尴尬。虽然你们是最后一届大一不开网的年级，同时也是最后一届没有享受到空调的年级，但是，你们可以自豪地跟学弟、学妹们说，这些事件进展的功劳里都有我们F07！

我还真切地记得开学典礼上你们稚气未脱、满怀憧憬而又踌躇满志的面庞。我非常欣慰地看到，四年后的你们依然满怀憧憬而又踌躇满志，只是从外表到内心都更加成熟而坚定。四年来你们践行着"感恩、责任、激情、梦想"的交大精神，续写了115年来，交通大学呈现给世人的荣耀和声望。四年来，你们在交大锐意改革、突破中国高等教育的局限、开拓中国高等教育发展道路的重要转折点和时段中，完成求学成人的过程。在交大，你们从少年长成为拥有独立思想和人格的未来社会中坚。因为交大，你们拥有了特殊的学生时代，拥有了别人无可比拟的、特殊的骄傲。同时，因为你们，我也拥有了难忘的四年回忆。因为你们，我拥有了一个永远青春的名字——"杰哥"。

今天送别你们，不由让我想起四年前的开学典礼上我对大家说过的话。我曾希望大家了解交大、融入交大，与交大共同成长。我也希望大家在大学里主动学习、独立思考和亲身实践，着重人格养成、意志磨练，提高克服困难和解决问题的能力。自重、自爱、自立、自强，无愧于交大人的称号。我很高兴地看到，这些当年殷切的希望，今天已经由你们化为沉甸甸的果实。因为你们，我和交大的全体教职员工，更切身地体会到为什么孟子会说，"得天下英才而教育之"是"君子三乐"之一。在你们离开校园之际，我希望你们把交通大学的精神校园永远保留在心里。

今天你们从交大再次出发，一定会对大学的精神和大学生的社会责任有更清楚的认识和更深刻的思考。交大因"储才兴邦"的理念而生，因坚持"育一等人才"的办学方向而兴。交大的使命就是为国家造就未来的领袖人才。我希望你们在交大学到的，最重要的，是一种影响你们及你们周围的人做人做事态度的追求纯洁、高尚和卓越的精神。这种精神虽然不会立即给你们带来财富和名声，却是你们个人，以致国家社会健康发展，走向成功的基石。走出校园，你们会遇到社会巨变和将要到来的更大的巨变。毋庸讳言，现实的社会是不完美的，有浮躁、浅薄、腐败和虚假，这种不完美恰恰源于精神的沦丧。所以你们的使命就不仅仅是坚守大学精神，还要传播并发扬光大。我相信对高尚精神的坚守，会让你们保持对生活和社会的热忱，拥有挑战自己的勇气，向学求知的态度和无坚不摧的意志，从而战胜无数具体和全局的困难、考验。在人生、事业、成就、幸福的追求和完成中，不断向自己也向社会证明，青春四年选择了交大的正确和智慧，以及被交大选择，成为交大人的幸运和责任。

在你们怀着远大的梦想继续前行的时候，我想对你们说三句话。

第一，坚守理想，不骄不馁。前行之路并不平坦，然而坎坷崎岖却是对人生的历练。没有一条溪流，不经过岩石的阻碍就能和大海汇合。也从来没有一次日出不经过黎明前的黑暗。重要的是，对理想的坚守，对前途的信心及自身修养的不断提高。中国正在快速成为世界的经济大国、政治大国和文化大国。这个过程意味着艰苦卓绝的奋斗。所以，作为中流砥柱的交大人，你们的人生，也一定会直面创业的艰苦，也因此一定是多彩而辉煌的。

第二，不惧挑战，承担重任。交大人的根本内涵，不只是一般意义上的成功的人，而是有勇气、有能力开启想象，有力量、有智慧进行创造的人。交大人是优秀的人，你们不仅要具有一流的个人职业能力，更要有在竞争中相互赞许和支撑的交大品质；你们不仅有坚持一生顽强开拓的自我期许，更要有创造知识、影响世界的勇气和能力。你们是中华文明在创新中传承的青年先行者。

第三，志存高远，从小事做起。"勿以恶小而为之，勿以善小而不为"，非此，无以成就"直挂云帆济沧海"的志向。交大的学子，当以天下为己任。可是，一屋不扫，何以扫天下？老子云："合抱之木，生于毫末；九层之台，起于垒土；千里之行，始于足下。"我们厌恶浮躁虚假，就要耐得平凡寂寞，我们拒绝平庸浅薄，就要经受睿智深邃的磨练。

同学们，在你们的面庞上我看到了交大前辈们曾经的挥斥方遒、曾经的意气风发。我希望未来交大的校史，乃至共和国的历史可以这样讲述你们：这是一群怀揣梦想和美德的年轻人，他们的言行堪为同代及后世之楷模。江山代有才人出，各领风骚数百年。属于你们的时代已经开始，我看到你们已经做好准备去迎接挑战，承担重任，书写属于你们的辉煌。

再见！

张 杰　上海交通大学校长

坚守大学精神，思源致远

你做好准备为实现梦想而付出了吗？你们将会发现，愿意付出茶余饭后的，梦想蜕变成了爱好；愿意付出八小时以内的，梦想蜕变成了工作；只有愿意付出自己全部的人，才能在梦想的追逐中，实现自己的价值！

担当　梦想　成就
——在 2011 届毕业典礼上的演讲
（2011 年 6 月 28 日）

林建华
重庆大学校长

亲爱的同学们，老师们，尊敬的各位家长：

上午好！今天对你们、对我都是个值得纪念的日子。首先，请允许我代表学校，恭喜同学们，从此奔向你们人生的另一个阶段。同时，大家也应当恭贺我，这是我第一次以重庆大学校长的身份，登上毕业典礼的讲台。我深知，这是荣誉也是责任。入职半年来，我一直希望有个机会，和大家说说我的心里话。

我和大家谈的第一个词是"担当"。

你们马上就要走出重大校门了，这是我今天最想和你们谈的话题。我知道，在你们这个年纪，尤其是这样一个高速发展又充满碰撞的年代，你们一定对未来充满了期待和梦想。但我也相信，你们一定会遇到困难和艰险，有时会因不公而充满困惑甚至暴怒。但是，请你们无论何时都要记住，人类历史的进程也早已证明了这一点：道路是曲折的，但前途永远是光明的，任何的黑暗最终都不能挡住黎明的曙光。因此，在任何时候"担当"都决定着你的未来。在黑夜里叹气、沉沦、抱怨的人，终将会沦为黑夜的俘虏。记得一位诗人讲：黑夜给了我黑色的眼睛，我却用它来寻找光明！我希望你们都能够做个勇敢的战士，为我们的时代担当，为我们的国家担当，为我们的人民担当，也为你自己的未来担当。

我希望你们，无论身处何时何地，都要有坚定的信念。我知道你们聪明，但我更希望你们正直；我知道你们能干，但我更希望你们坚强。努力去做一个有"担当"的人，在家里，你是可以信任的亲人；在社会上，你是可以信任的下属或上级。由于信任，你受到尊重，这远比由于诱惑，你被猎取而幸福得多！要让世界的每个角落都知道，重大学生就意味着诚信和担当，重大校友永远是我们最值得自豪的称谓！

我想和你们谈的第二个词是"梦想"。

你拥有自己的梦想吗？我以一个前辈的经验告诉你们，你的世界会因梦想而变得不同。也许你们中大部分人都会很骄傲的回答："有！我有梦想！"那么你做好准备为实现梦想而付出了吗？你们将会发现，愿意付出茶余饭后的，梦想蜕变成了爱好；愿意付出八小时以内的，梦想蜕变成了工作；只有愿意付出自己全部的人，才能在梦想的追逐中，实现自己的价值！就像鲁迅先生说过的那样："醉心于某种事业的人，是幸福的！"

我也有梦想。作为教师，我梦想成为学生最爱戴的老师，作为学院和学校领导，我梦想实现中国高等教育事业的腾飞，我现在的梦想就是要使重庆大学成为中国最好的大学之一。我相信这也是所有重大人共同为之奋斗的梦想。

有梦想就会拒绝平庸、追求卓越，实现梦想还需坚韧不拔、奋勇前行。我钦佩有梦想的人，更钦佩那些为梦想持续努力的人，那些能够在不断地失败中再次站起来的人，那些明知或许永无回报，但依然执著奋斗的人！

成为一所一流的大学一直是几代重大人的梦想。我十分钦佩重大先辈们的气魄和远见，在极端困难条件下创办了重庆大学，立誓要"启兹天府，积健为雄，复兴民族兮，誓作前锋"。成为一流的大学并非易事。重庆大学八十多年的历史中，有过辉煌，也有过挫折和彷徨，但每一次，坚强的重大人都勇敢面对、执著前行。今天，我们生逢盛世，国家的发展、重庆市的腾飞为我们提供了难得的发展机遇，尽管我们面前还有很多艰难险阻，还要经过几代人的长期努力，但只要我们秉承"研究学术，造就人才，佑启乡邦，振导社会"的理念，经过全体师生的共同努力，就一定能把重庆大学建设成为中国最好的大学之一，就一定能实现我们的梦想。

你们生长于盛世，几乎都是家里的宝贝，很多人已经习惯了让别人帮你选择方向。很多时候，你们中的一些人知道自己不喜欢什么，但是不知道自己喜欢什么。在我看来，这是件非常遗憾的事情。从明天起，我希望你们都能明确自己的兴趣，这是梦想的开始。然后带着母校的祝福和期待，大胆放飞自己，做个有梦想的人，做个愿意为实现梦想而努力的人，不以成败论英雄，青春才会无悔。

我最后想谈的词是"成就"。

大学的根本使命和存在的理由是培养人才，大学的声誉主要归因于毕业生，归因于你们和全体校友的不懈努力！你们的每一天，每一年，有多努力，有多快乐，为家人做了什么，为企业做了什么，为国家民族做了什么，为人类做了什么，这汇聚起来，就构成了我们重庆大学的品质！

你们的成就关乎重大未来。什么才算作"有成就"？是不是位高权重者才算成功，才算有成就？我想和你们说的是，我们重大人不该这样看！我希望你们把成就的内涵变得更加深刻，我们该尊重每个岗位的工作者，岗位有不同，人生无贵贱；个性有差异，人人都平等。未来，如果你位居庙堂之高、权居国家之重，毋庸置疑，母校的老师和同学会为你骄傲；如果你在平凡岗位上做一个善良的工作者，成为一个高尚事业的追随者，以自己的辛勤努力而持续推进社会的进步，那么你也上对得起国家、民族，下对得起母校的培养，我和老师们会永远在校园里，为你平凡而踏实的人生喝彩。影响力、创造力固然是社会的稀缺资源，团队协作、持续改善也是人类不可或缺的美德。未来，假如你幸运地成为社会上常规定义的"成功人士"，遇到母校校友时，我希望你们不必以胜利者自居，要记得人间最真实的同窗之谊；如果你是社会上常规定义的普通人，再遇到校友，你也不必有心理上的卑微，记住母校和同窗永远是你精神家园中的亲人！

爱就在那里，不离不弃。

最后，我想提醒大家，记住西部，这个养育过你的地方，无论你在地球的哪个角落，在社会的哪一个位置，都别忘记自己肩上的责任、心里的情感。

祝大家在未来的岁月里，健康、努力、快乐。重大因你而不同！

担当　梦想　成就

要有坚定正确的理想信念；要珍惜生命，不要虚度时光；把读书作为自己生命的一部分；要立志做大事；要善于继承、勇于创新；要有强烈的机遇意识与忧患意识。

做人要做这样的人
——在 2011 届毕业典礼上的讲话

（2011 年 7 月 12 日）

李慎明
中国社会科学院党组副书记、副院长

各位同学：

在你们即将离开社科院研究生院的时候，我想对你们说几句心里话，仅供你们参考。

首先，要有坚定正确的理想信念。什么是正确的理想信念？泰戈尔曾说："鸟在黎明的黑暗中，感觉到光明，唱出了歌。"我们所说的理想信念，不仅是在马克思主义和社会主义运动蓬勃兴盛时，而且更要在其十分困难的时候，看到它的生命力，看到它必然的发展趋势和光明的前途。实践证明，当世界范围内的社会主义思潮、理论、运动和制度处于高潮时，人们对社会主义革命的长期性、复杂性、曲折性往往估

计不足，急于求成甚至盲目乐观；反之，则往往容易信心不足，悲观失望。这就需要认真学习马克思主义基本理论，真正认清人类历史发展规律。千万不要以为马克思主义过时了，马克思主义经典作家所讲的，不是几十年而是上百年、几百年、几千年，甚至上万年的事。只有用大时代观和大历史观才能真正学懂开通。其实，它的生命力也正在当今尚未见底的国际金融危机中进一步显现。在全球具有很大影响的英国著名作家、记者弗朗西斯·惠恩，在 2009 年新出版的《马克思〈资本论〉传》中说："马克思并未被埋葬在柏林墙的瓦砾之下，他真正的重要性也许现在才刚开始体现。他可能会成为 21 世纪最具影响力的思想家。"我想，他的这句话可能会对我们有所启示。在世界社会主义运动处于低潮之时，我们更加强调共产主义理想和中国特色社会主义信念。此时，正确的理想信念就愈加显得纯洁、真诚、宝贵和坚贞。那种认为共产主义是永远不可能实现的乌托邦的思想，是共产主义理想动摇的思想理论基础，也是党内和政权内部产生腐败现象的思想理论基础。在这里，我想翻新这样一句话，这就是"其言愈苦，其心愈甘"。我们一定要见贤思齐，不能见特权思齐，更不能见腐败思齐。

第二，要珍惜生命，不要虚度时光。我个人完全赞成马克思主义的时空观：空间无边无际，时间无始无终。物理学上所说的"宇宙大爆炸"，其实应是无边无际和无始无终的"大宇宙"中的无数个"小宇宙"中，其中一个"小宇宙"的"大爆炸"。由无边无际的空间和无始无终的时间所组成的大宇宙应是无限大与无限长的。在无边无际的空间和无始无终的时间的交叉点上，我们有幸来到人间。这是历史的偶然，又是历史的必然。能够来到世上，这就分外值得庆幸和自豪。人生不过百年，百年既漫长，又是一瞬。这更值得我们分外珍惜。当今世界，各种诱惑很多。比如，IPAD上的各种游戏就不少，这对开发智力很有好处，但切不可沉溺其中。从一定意义上讲，人的一生只能做一件事。要把更多精力集中放在做有意义的事上。

第三，要把读书作为自己生命的一部分。要做一个终身酷爱读书的人。你们学校读书生涯的结束，也是新的学习的开始。吾生有涯，而读书无涯。不要把书橱里的书当摆设，要继续深入研读你们所学专业的书籍，但也要读点自己专业之外的书籍。抽点空，去翻翻别人的书架，借几本书过来自己读读。文史哲经、佛道老庄、诸子百家及自然科学技术的前沿，都要涉猎一点。要多读点经典。文化快餐可以吃一点，但不要经常吃。说大人则藐之，读经典，对经典和经典的作者要平视，甚至要用怀疑、挑剔、批判的目光审视，只有这样，你才能真正读得懂。要在对比中读，要把几种不同观点甚至完全对立的文章或书籍对比着读，你来当当裁判，这可能是读书的一个捷径。要认真学习哲学，把哲学描画或想象成为一件愁眉不展、面容可憎、非常人所能亲近的东西是极大的错误。因此，不能逃离哲学或厌倦哲学，假若如是，则幸福没到来，或是已经过去。在记载各种知识的书籍的长河里畅游，但一定要回到现实生活的岸上思考。要把读生活这本大书，与读纸质书、读网络信息结合起来；从一定意义上讲，真正重要的是要读懂生活这本无字大书。不能做立地书橱，要像蜜蜂一样，通过采撷各种思想的花粉，酿造自己思想的甘露。岁月，必将给懒散者留下思想的荒漠，而给勤奋者奉献丰硕的智慧。

第四，要立志做大事。不同的人为自己做着不同的谋划。我们是受过高等教育之人，我们应该有更高的思想境界与人生追求，不必完全以金钱和利润作为衡量自己生存价值的标准。应当超越当下的、具体的、狭隘的物质利益，以更高层次的思想境界和理想追求为快乐、为自豪。谁是最幸福的人？从一定意义上讲，通晓事物本质特别是人类历史发展规律并坚持为之奋斗的人才是最幸福的人。爱因斯坦说过："对真理和知识的追求并为之奋斗，是人类的最高品质之一。"当然，你们走出校门，面对的首要是找工作、租房子甚至买房子，这些衣食住行的最基本生活保障都要努力尽快解决好。关注自身的工作和栖身之所是必需的，而且是十分重要的。说心里话，对你们的这些现实的生活压力我们有着深深的同情之心，并且有着深深的祝福之情。但是我们也不能不对你们讲另外一句话，这就是，在考虑个人和家庭的同时，也应并必须考虑国家、民族和人民的利益。从根本上说，国和家从来分不开；国家好了，我们个人的生活特别是广大人民群众的生活，其中包括广大同学的生活才有根本的保障。今年是辛亥革命 100 周年。孙中山是中国近代民族民主革命的领袖，1912 年他视察山东时，曾在山东高密提出"要立志做大事，不要做大官"这句广泛流传的名言。国内外丰富的实践和多姿多彩的正反两方面的经验教训，国际国内前所未有的机遇与世所罕见的挑战，都为你们这一代上演威武雄壮的活剧提供了无比广阔的舞台。你们要吟哦小溪潺潺，更要高歌大江东去。世界上有顺利的路，但要准备走坎坷的路。"筚路蓝缕，以启山林"之路虽然艰辛，但更荣光。要决心走为国

做人要做这样的人

97

家、民族和人民利益奋斗之路，并披肝沥胆、风雨无阻，这就不能把金钱看得太重。去年，南怀瑾老先生在向浙商讲财富观时说："天下财物五家共有：一是王者所有，即皇粮国税，不可或缺；二是盗贼所有，贫富过于悬殊，必然要引发非理性分配，盗贼禁而不止，固有其一；三是去病所有，生命延续、生老病痛，终有一用；四是灾害所有，水灾火灾，天塌地陷，付之东流；五是恶子所有，败绩败家，不能一以贯之，终致散失。如果把财富的去路搞明白了，来路的追逐也没有必要太执著了。"南怀瑾的财富五分法会对我们有所启示。

第五，要善于继承、勇于创新。我们一定不要小看老祖宗，他们艰辛奋斗，为我们留下无比辉煌的精神财富和物质财富。我们都要很好地继承与发扬。藐视老祖宗，往往是要吃苦头的。但是我们也不需要任何的奴隶主义。要做一个敢于和善于思考的人，做一个敢于讲真话但更要敢于追求真理的人。一定给组织、给同事讲真话，真诚待人。但真话不一定是真情实情，更不一定是真理。要勇于认识真理、追求真理、坚持真理，真正认识和掌握事物的本质和规律。最平庸和最深刻的东西可能都会惹人嘲弄。有时候，坚持真理还会吃苦头。爱因斯坦说："我父母两人体内加起来的固执不及我一个手指头。"我们要学习爱因斯坦勇于追求和坚持真理的"固执"精神。有的人，天天重复着"1+2=3"的常识，甚至创出个"1+2=蜡烛"的歪理。我们不能因为他们受到褒奖而放弃自己正确的追求。要创新，就不能过分在意别人对你如何评价，关键是要有自知之明，自己对自己的缺点和不足要了如指掌，清楚你自己已经拥有什么，并怎样去争取新的拥有。这才叫真正的自信，也叫自尊和自爱。

第六，要有强烈的机遇意识与忧患意识。我国的人民民主和社会主义民主制度的本质是人人起来负责。关注思考国内外大事是我们中华人民共和国每一位公民、中国共产党每一位党员的责任和义务。现在值得我们思考的国内外的大事很多。比如，在国际上有四大战略问题值得我们关注：一是目前尚未见底的国际金融危机的现状及其发展趋势；二是西亚、北非局势的走向和美国重返亚洲的战略；三是日本大地震、大海啸和核辐射后的战略走向；四是俄罗斯今后的战略走向。在国内有四大安全问题值得我们关注：一是经济安全，特别是金融安全；二是社会安全，特别是就业、分配等问题；三是周边安全；四是意识形态安全。从一定意义上讲，意识形态安全最重要。意识形态搞对头了，应对前三个安全的办法才能搞对头，前三个安全都好应对。思考关涉国家、民族前途、命运、道路的大事，不是少数人的专利，应该是全体人民的事，特别是以天下为己任的知识分子应更多地关注，并建言献策。

同学们，你们是母校放出的风筝，你们飞得越高，我们就越高兴、越自豪。我们殷殷盼望不断传来你们的好消息。

李慎明　中国社会科学院党组副书记、副院长

做人要做这样的人

我相信一所大学的价值，不能用毕业生的工资来判断，更不能以他们开的汽车、住的房子来作准，而是应以它的学生在毕业后对社会、对人类的影响为依托。

祈求你们"不负此生"
——在2011届学位颁授典礼上的致辞
（2011年12月1日）

沈祖尧
香港中文大学校长

今天早上我翻阅了毕业礼的典礼程序。当我见到毕业生名册上你们的名字，我按手其上，低头为你们每一位祷告。

我祈求你们离校后，都能过着"不负此生"的生活。你们或许会问，怎样才算是"不负此生"的生活呢？

首先，我希望你们能简朴地生活。在过去的3～5年间，大家完成了大学各项课程，以真才实学和专业知识好好地装备了自己。我肯定大家都能学以致用，前程似锦。但容我提醒各位一句：快乐与金钱和物质的丰盛并无必然关系。一个温馨的家、简单的衣着、健康的饮食，就是乐之所在。漫无止境地追求奢华，远不如简朴生活那样能带给你幸福和快乐。

其次，我希望你们能过高尚的生活。我们的社会有很多阴暗面：不公、剥削、诈骗等等。我呼吁大家为了母校的声誉，务必要庄敬自强，公平待人，不可欺辱弱势的人，也不可以做损及他人或自己的事。高尚的生活是对一己的良知无悔，维护公义，事事均以道德为依归。这样高尚的过活，你们必有所得。

其三，我希望你们能过谦卑的生活。我们要有服务他人的谦卑心怀，时刻不忘为社会、国家以至全人类出力。一个谦卑的人并不固执己见，而是会虚怀若谷地聆听他人的言论。伟大的人物也不整天仰望山巅，他亦会蹲下来为他的兄弟濯足。

假如你拥有高尚的情操，过着简朴的生活并且存谦卑的心，那么你的生活必会非常充实。你会是个爱家庭、重朋友，而且关心自己健康的人。你不会在意于社会能给你什么，但会十分重视你能为社会出什么力。

我相信一所大学的价值，不能用毕业生的工资来判断，更不能以他们开的汽车、住的房子来作准，而是应以它的学生在毕业后对社会、对人类的影响为依托。所以，诸位毕业后作为我校的代表，做个令我们骄傲的"中大人"吧！

各位毕业同学，在我的心目中大家都是我的儿女。在我诵念你们的名字时，我默祷你们都能不负此生。

沈祖尧 香港中文大学校长

祈求你们「不负此生」

保持热情，别太在乎薪水、职位与升迁；不要太在意"准时上下班"；不要说出"没办法、我不会或太困难了"的泄气话语；开会时别当木头人，也别轻易丢出一个太过简单的问题……

14 点给社会新鲜人的建议
——写给毕业生的一封信

（2011 年 6 月）

李嗣涔
台湾大学校长

各位即将毕业的同学：

　　首先恭喜各位同学即将完成学业从台大毕业，步入社会成为社会的新鲜人，或展开更高阶段的求学历程。学校曾经对校友及企业界做过广泛的意见调查，以了解他们认为台大同学最需加强的能力，排名在前的包括：团队精神、工作态度、沟通协调、抗压能力等。

　　其中一位热心的企业界朋友更给我来了一封信，整理出"14 点给社会新鲜人的建议"，但愿能为即将进入社会的准毕业生们提供思考的空间，并带来正面的影响，我认为这值得即将步入职场的同学参考，把全文整理摘录于下：

1. 保持热情，别太在乎薪水、职位与升迁

拥有热情，能量就源源不绝，热情会带来卓越。若一付出多少，就想收获多少，将会大失所望，也会降低自己的热情，别太在意努力程度是否与报酬成正比。保持对工作的热情、保持学习与思考、努力工作、积极主动、创建差异性价值。美国著名作家爱默生说："有史以来，没有任何一项伟大的事业不是因为热忱而成功的。"彼得·杜拉克说："热爱工作的人才会有所表现。"事实证明，怀抱初衷、拥有热情的理念会让我们更乐于工作、主动把事情做得更好，而且是心甘情愿的；这种积极心态和被动的工作态度相比较，所创造出的成就是有着天壤之别的。

2. 不要太在意"准时上下班"

看淡早一点上班或晚一点下班的现象，这并不是要抛弃家庭、全心奉献公司之意，而是让自己有更充裕的时间去思考今天的工作或当下执行的专案；晚一点下班，当天就把事务处理好后回想一下有哪些地方是需要改进的，不要摆出一副"时间到就想准时下班"的模样。这会让人不禁联想自己是个"提早准备、等待下班，而不是做好事才下班的员工"，这样的联想对自己来说，绝不是好事，而且会限制个人成长及影响到未来的发展。

3. 尽量避免事后请假

除非情况相当危急，尽可能不要有当天临时请假的情况发生，因为"临时不出勤"将造成团队相当大的困扰，这表示有人得多做另一个人的业务。

4. 不要轻易说出"这不是我的工作"或"这太简单了，找别人做"等推诿的话

勿过短视、多做一点，代表自身的价值就会高一点。千万不要自以为是地认为自己是个顶尖人物，而不屑于从小事做起。我们应该明白，连小事都做不好，没有人会相信这样的人能够成就大事。真正有实力的人才能完成伟大事业，要培养这样的实力，就必须付出代价，代价就是专注认真地把每一件小事做好。

5. 不要说出"没办法、我不会或太困难了"的泄气话语

轻易说出这种话的人，会让对方联想到，自己不是没有诚意处理，就是没有能力处理，久而久之，会给人留下相当糟糕的印象。凡事都应抱着"先做看看"的拼劲与"想把事做好"的决心，这样的积极心态会创造出离成功越来越近的结果。

6. 从失败中学习宝贵的经验

人生中本来就充满着无数的挑战，当我们面对挫折、困境时，如果像木头般没有任何的反应，或像玻璃一样一摔就碎掉，就会全然不知生命的价值与意义，也得不到别人的尊敬。失足的地方就蕴藏着宝藏，爱迪生曾说过："不要称之为错误，而应该称之为教育。"所以，发生在我们身上的失败或错误并非那么重要，重要的是我们从中学到了什么宝贵的经验。蒂娜·齐莉格的《真希望我20几岁就知道的事》一书中提到"失败是不可避免的，成功的关键不是闪避每一颗子弹，而是遭到打击后能迅速复原"。从成功人士身上可清楚看到，他们都曾历经无数次的失败与挫折，但他们都具备从中学习、再站起来的能力。

7. 对任何事保持好奇心，并深入了解

培养自己的主见、勇于表达自己的见解。看到一句话、

一篇文章、一本书或一个事件（公事、私事或社会新闻等），要求自己要有些反应，提醒自己从中去深思，并将感想以文字的形式记录下来。若时间许可，亦可与家人、朋友或同事分享、讨论心得，有自己的见解后，更应勇于表达出来。

8. 开会时别当木头人，也别轻易丢出一个太过简单的问题

德博拉·班顿在《CEO训练班》一书中提到"当个称职的与会者，参加会议是基于一个理由，那就是聆听别人的意见，并提出建议。光是坐在那儿，然后接受一切是不对的。当你提出问题，是在做出贡献"。开会前，针对讨论的主题深入了解、充分准备，在会议中提出有建设性的问题及发表自己的见解。问任何问题前，先要求自己能为这个问题做点什么努力，问的问题要有深度，让对方感受到我们向他请教的诚意。

9. 对同事及主管应具备同理心

李开复先生对"同理心"的解释是"指在人际交往过程中，能够体会他人的情绪和想法、理解他人的立场和感受，并站在他人的角度思考和处理问题的能力"。实现同理心，至少可减少65％的人际关系冲突。多去思考别人为什么要做出那样的决定或说出那样的话，是不是有什么苦衷或难处，站在对方的立场去想。

10. 别把责任推给他人

要有自省能力，主动面对自己薄弱的一面或错误，勇于承担责任与压力。压力管理领域创始人汉斯·塞尔耶曾说："完全没有压力，就会死亡。"美国林肯中心爵士艺术总监马沙利斯曾说："如果没有压力，你就不会认真对待你的工作。"生活中本来就充满着压力，这无可避免，同时也是件好事，

因为它代表成长的动力，别排斥它的存在。

11. 保持创新精神

不应固守现状，任何事务都一定有比目前更好的改善做法，只是还没被想出来而已。不创新早晚会被积极创新的团队所打败，甚至被淘汰。管理大师彼得·杜拉克曾说："不创新即灭亡。每一件事永远都有向上改善的空间，创新，是分内的工作。"我们应保持细微观察、真实反映现状、详实记录，通过分析及讨论的过程，找出可以改善的方向及创新做法。我们也应该相信自己，只要有心，一定可以做得比现状更好，做出更有价值的贡献。

12. 坚持阅读与学习，习惯对和工作相关的事务有反应，从中领悟道理，并记录心得

日本第一大、世界第六大的网络公司——乐天市场网络商城的创办人三木谷浩史有句名言："1.01 的 365 次方等于 37，那么每天改善 1%，一年强大 37 倍。每天进步 1%，一年后的自己将比现在强 37 倍。"只要每天少享乐几个小时，就有多余的时间学习、保持进步，才能让自己迈向成功之路。德博拉·班顿在《CEO 训练班》一书中提到"你不必扮演全知的角色，但你必须有学习的渴望。你必须藉由阅读来学习，通过犯错来学习，经由聆听与观察来学习。如果你觉得你的年纪太大，自以为什么都懂，或是认为自己是门外汉，很可能不会有兴趣去学，那么你的升迁将会很有限"。终身学习是职场人士必须要有的认知，也应该落实这个理念，让自己保持成长。

13. 善用时间、管理琐碎时间、充分利用时间，提升工作效率

史蒂芬·柯维在《让好工作找上你》一书中提到"大部分人面临的，不是开创大事业时难以克服的阻碍，问题在于时间。为自己开创大事业的人，会腾出时间厘清自己要做何贡献，并且制定出达成目标的计划"。我们总是把没有时间当作无法把事情做好的充分理由，事实上，并非时间不够，关键在于我们没有善用时间。

14. 留意任一环节的细节

"破窗理论——不处理破掉的窗户，将有更多的窗户被打破"说明了一个重要的论述，即"凡事照规矩，不轻忽每一件小事。再微小的错误，最后都可能蔓延扩大，导致严重后果"。在 200 米、400 米短跑项目中保持世界纪录的麦可·琼森，说为了缩短仅仅一秒的时间，就花了他十年的理由："要获得成功，常常必须从人们想不到的小处着手。"跑 200 米时，百分之一秒的差距；跑 400 米时，十分之一秒的差距，就决定了谁是世界上跑得最快的人。有时候，卓越与平庸的差距，就是这么的不起眼，人生就像短跑，必须经由长期的努力、练习与准备，往往在极短的一瞬间就决定了胜负。有时候细节是隐性的，必须通过细微的观察才能被发现，换言之，我们必须深入观察、勇于完整呈现事实、谦卑面对、拟定改善对策，如此，才能改变应该改善的环节。

你们轻轻地一挥衣袖，最终带走两张纸。社会最终要靠实力和能力说话，所以又不仅仅只要纸。就提醒大家出去后努力做到：眼里有纸，心中无纸。如果不能多纸护身，宁肯追求无纸胜有纸。

业，毕了没

——在 2011 届毕业典礼上的致辞

（2011 年 6 月 23 日）

陈俊明
成都理工大学文法学院院长

亲爱的同学们：

　　一段似水年华无可挽留地成为追忆，一段青葱岁月无可奈何地被尘封，两张证明这段经历的证书揣到兜里，那颗因百年人生的二十五分之一即将飘过而多愁善感的心，还在琢磨："毕业"到底是名词、动词，还是叹词、副词和形容词？更多"童鞋"的脸上，则早已挂满了茫然：业，毕了没？

　　最容易的回答，当然是"毕了"。毕业论文，毕业答辩，毕业证书，毕业手续，直到那声乍听陌生、再听惊心的"毕业生"，一切的一切都在证明，你们已经毕业。

　　最复杂的回答，是毕业了，又开学了。毕业于有形的大学，走进了无形的大学。你们此去的"大学"，芳名叫"社会"。天地有多大，它就有多大；社会有多少行业，它就有多少专业；世上有多少人，它就有多少学生。它无形而又有形，无边而又有边，无门而又有门。最神奇的是，你可以把它读成江湖，也可以把它读成殿堂。可以通过它谱写精彩传奇，又可以依赖它维持平淡生命。不妨这样说，就眼下看，你们已经毕业。由未来论，你们才开始学业。你们于是再次锻造哲理的人生：所有的结束都是开始，所有的过去都直通未来。

曾经的你们，从一所有围墙的学校到另一所有围墙的学校，拿到一个毕业证又谋取另一个毕业证，与一些人成为同学又与另一些人成为同学，拜一些人为老师又拜另一些人为老师……这是你们过去生命的 16 年，其间你们的身份，一直叫学生。

而今将去，你们中的一些人，仍然会进入另一道围墙，谋取另一个毕业证，与另一些人当同学，拜另一些人当老师，让自己那身份的"版本"再升级。而更多的人，将改变职业学生的身份，进入无围墙、无校门、无证书的社会大学。在那里，没有校长，但有管理；没有专家，但有权威；没有绝对成功，但有人相对滋润；没有绝对失败，但有人活得郁闷；没有退学，但有淘汰；没有奖学金，但很难得到恩惠。在那里，所有的人都可能是你的老师，也可能是你的学生。所有的知识都可能与你如影随形，也可能只是为你装点门面。在那里，所有的愿学者都将得到免费的教诲，所有的厌学者都将受到最终的惩罚。在那里，无论你多么的牛，都只能永远被考而无法免考，永远学习而无法毕业。

读文法学院，你们经历过无数的考试，这给你们留下几多愉快和不快，也让你们经常得意或失意。在即将分手的今天，在下坦率地告诉你们：考试只是一种游戏，在这种游戏中，只有会玩不会玩，没有胜利与失败。分高的，本不值得骄傲；分低的，真的不必挂虑。何况从即日起，四年积累下的所有数字，都将通通清零。读文法学院，你们可能已经能够自由驰骋考场。读社会，你们将最终明白：人生是一考场。生命的本真从某种意义上说，就是一个随时备考的状态。因此你们当认真学习那与教育无关的应试。

读文法学院，你们轻轻地一挥衣袖，最终带走两张纸。在此，在下直白地告诉你们：纸毕竟是纸，即使盖了鲜章、签了大字，也还是纸。附丽在那些纸上的所有得失荣辱，都已经成为过眼云烟乃至"神马浮云"。读社会，你们将继续去争取更多的纸，为此你们可能将重重地挥几下衣袖。但你们必将愈来愈清醒地看到，在那些五颜六色的玩意背后，潜伏既久的叫做"实力"和"能力"的"东东"，必将浮出人生的水面，并最终盖住所有的花里胡哨。社会需要简单化的识别，所以需要纸。社会最终要靠实力和能力说话，所以又不仅仅只要纸。就提醒大家出去后努力做到：眼里有纸，心中无纸。如果不能多纸护身，宁肯追求无纸胜有纸。

读文法学院，是读大学。读社会，也是读大学。读文法学院，专业从一而终。读社会，可能要转多次专业。读文法学院，大多四年就毕业。读社会，一辈子都是在校生。读文法学院，可按成绩排优劣。读社会，难以分数论英雄。读文法学院，四年可拿两个本本。读社会，终身难求一个好口碑。读文法学院，可能留有很多遗憾。读社会，所有遗憾都可弥补也可新增。读文法学院，为未来埋下了一些程序。读社会，这些程序可能被激活也可能被删除。读文法学院，你们丢掉一些书本，捡起另一些书本，浏览一批网站，又寻找另一批网站。读社会，你们将行万里路，读万卷书，上万次网，并尽可能地把可能变现，同时把不可能埋葬。

初入社会大学，绝对不会遇见四年前走进文法学院时那样充盈的热情与温情。只需到人才市场去挤一下，你就会减肥。只需与老板见一次面，你就会感觉哪怕最严厉的老师也分外和蔼可亲。对此你们要有足够的思想准备，还要做必要的心理调适。须知，人生转型不易，转学亦难，不易在与陌生人打交道，困难在于刚开始你啥也不懂。

真心希望你们：奋斗时，不要残留幻想，"你爸不是李刚"。追求时，为达目的，要计手段。屈尊时，要为五斗米折膘，不为五斗米折腰。危难时，不惧万人阻挡，只怕自己投降。痛苦时，可以选择放弃，但不能放弃选择。失意时，不要以为就自己倒霉，其实那人也活得够累。得意时，不要得意忘形，小心被打回原形。见义时，路见不平一声吼，吼完独自往前走。受辱时，我自横刀向天笑，笑完之后去睡觉。

真心希望你们：做人敢想敢说，敢于直笔。敢爱敢恨，敢于犯忌。敢哭敢笑，敢于放屁。服从真理，不媚权力。做事大胆尝试，周全考虑。勇猛闯荡，无所顾忌。突破规则，尊重法律。可以不高尚，但不能无耻。可以不伟大，但不能卑鄙。可以不聪明，但不能糊涂。可以不乐观，但不能厌世。可以不慷慨，但不能损人。可以有游戏心态，但不能游戏人生。可以歌舞升平，但不能醉生梦死。可以讲求技巧，但不可投机取巧。可以有必要的重复，但不可重蹈覆辙。可以接受挑战，但不可鲁莽蛮干。一定要知道：最美的不一定最可爱，最可爱的一定最美。最好的不一定最合适，最合适的一定最好。把平凡的事做好就是不平凡，把简单的事做对就是不简单。千万要牢记：人生原本个个都是原创，不少人却悲哀地成了盗版。

　　每当栀子花开的时候，学子就会变成游子，离开校园向四面八方散去。一个月以后，他们中的四分之三，又会像候鸟一样飞回。另外的四分之一，虽然也可以再回来，但是，宿舍里已经没有了他们的铺位，教室里已经没有了他们的座位，社团里已经没有了他们的席位。因为他们已经毕业。

　　很荣幸，你们即将成为他们。很不幸，你们就要成为他们。站在这角色转换的门槛上，想必你们已然心底起波澜，脑海翻狂浪。但你们最终势必明白并熟悉，活在校园虽然是惬意的人生和诗意的日子，但人不能永远活在惬意和诗意中。就像浪漫是一袭绚丽的晚礼服，但人生毕竟不能总穿着晚礼服出场。还望无论将来身在何方，看见栀子花开，就想起今天，想起母校，想到回来。建议你们抓紧最后这几天，尽可能地与人话别和送别。要知道，今天你说的话，很可能对某人就意味着绝唱。今天你告的别，很可能对某人就意味着诀别。天下很大，生路很远，生计很忙，分离后的完全重合，从来都是奢望。

　　请允许再问一句：业，毕了没？答案似乎是：没有。只是转学了。又似乎是：毕了。因为主业已从学业变成就业。那就把几句清凉的话语，说给燥热的你：你可能继续学习，但当清楚这到底是手段，还是目的。一个人应当酷爱学习，但不应当学习学习再学习，最后聪明地死去。学来的东西能否变成思想力与行动力，当在心里时常提醒自己。你可能就业在即，但当明白这只是事业的开启，万不可有太高的期许。不要以为离开了同桌的你，就是成才成人和成器。除了成人的身体，离成才与成器都还有较大的距离。你当永无止境地锤炼德智体，且必须用心和用情专一。

　　谢谢大家！

作为新时期的优秀青年人才，我们在注重"才"的同时，更应把这份"忠诚"化为我们的高贵品格和人生操守，不懈追求。希望同学们不仅要对国家忠诚，还要对你们所从事的事业忠诚，对你们的家庭、朋友、同事忠诚。

学术、忠诚、价值
——在 2012 届研究生毕业典礼上的讲话
（2012 年 7 月 4 日）

周其凤
北京大学校长

尊敬的各位老师、亲爱的同学们：

大家上午好！

今天是一个喜庆的日子，同学们圆满完成学业即将被授予硕士、博士学位。经过多年的耕耘和磨砺，你们终于迎来了人生中这灿烂辉煌的时刻，我由衷地为你们感到骄傲。首先请允许我代表学校的全体教职员工，向获得博士、硕士学位的全体同学表示最热烈的祝贺！向你们的导师，向你们的父母家人及所有关心、帮助、支持你们的朋友们，致以崇高的敬意和深深的问候！

不经意间，你们是我在这个宏伟殿堂送走的第四届毕业生。每年这个时候，我都能感觉到，重彩华章、鼓乐喧腾的背后，是潜藏在大家心底的淡淡忧伤和深深眷恋，身后流逝的岁月在这一刻相聚之时，一幕幕会在大家心中涌动。昨日的相守相伴仿佛触手可及，明天却只能在记忆中重温和搜寻"那些年"的点点滴滴。

过去的几年，大家将自己人生中最美好的时光交给了北大。在这片美丽的园子里，你们沐浴"未名博雅"的秋月春风，领略名师学者的睿智博学，欣赏百年讲堂的雅乐俗剧，体验"五四""一体"的竞技夺标，这也许就是大家的"北大记忆"，是大家珍藏的，也会在不经意间，总会对他人提起的"我们那时的北大"！

作为你们的校长和老师，我最欣慰的是能够伴随你们走过青春的迷茫和感悟，收获"从知道到达懂得"的成长；我最自豪的是能够见证你们以青春的责任和担当，在取得个人进步的同时也为学校赢得良好的赞誉。尽管由于各种原因，学校不可能完全满足你们的全部诉求，但你们对学校永远给予理解、支持和爱护。这里，我也代表学校向你们表示深深的感谢！

老校长蔡元培先生曾讲过："大学为纯粹研究学问之机关，不可视为养成资格之所，亦不可视为贩卖知识之所。"研究生教育是养成学者的基础过程，是创造知识的重要阶段。为了探究真理，为了攀登科学的高峰，当然要付出许多艰辛。但我相信，这样一段集中精力、心无旁骛的读书时光对大家而言，是短暂而弥足珍贵的。

即将迈出校门，同学们也许会反思这些年母校到底给自己的人生带来了什么。我也常常在想，北大的研究生教育究竟应当追求怎样的目标？你们在这里除了知识的增长，还将收获什么能够对未来的社会生活更有意义？

蔡元培先生说，教育是成就人格的事业。那么，研究生教育至关重要的一点就是培养学术人格。对学术事业的神圣感和敬畏感是成就学术人格的前提。今年正值老校长马寅初先生诞辰130周年，马老曾用"牺牲主义"来诠释"北大主义"。当年《新人口论》遭到错误批判的时候，马老表示："我对我的理论有相当的把握，不能不坚持，学术的尊严不能不维护。"这种"坚持真理，不畏权势"的赤子情怀，"独立之精神，自由之思考"的学术追求，值得我们永远学习。我还希望大家在以后的研究中，学会融会贯通，勇于创新，注意积累，耐住寂寞，敢于坚持。不管在什么时候和什么条件下，都要自觉维护学术尊严、恪守学术道德。要尊重他人，尊重读者，拿出让读者尊重的学术作品。在座的同学们都会记得，在我们每个人的学位论文最后，我们都要在"原创性声明"页上，郑重地写上自己的名字。这不只是学术行为的要求，更是对自己一段或许精彩、或许艰辛的人生的答卷。

学术人格的锻造，是"志于道、据于德、依于仁、游于艺"的精神之旅，是涵养用敬、修辞立诚、博观约取、厚积薄发的人生阅历，更是一种为天地立心、为生民立命、为事业献身、为人类谋福祉的使命感和责任感。当然，北大给大家的滋养还不仅如此。尽管在座的同学毕业后有着不同的选择，或扎根基层，或负笈海外，或留守燕园，或纵横职场，但不管你们将要走什么样的道路，我都希望，你们在北大所造就的学术人格能够成为未来学习、工作、生活的最可宝贵的精神财富。

115

同学们，坚守学术人格离不开对学术的忠诚。作为新时期的优秀青年人才，我们在注重"才"的同时，更应把这份"忠诚"化为我们的高贵品格和人生操守，不懈追求，这忠诚首先是对理想的忠诚、对国家的忠诚。

"士不可以不弘毅，任重而道远"。今年5月4日，在纪念中国共产主义青年团成立90周年大会上，胡锦涛总书记发表了重要讲话，对广大青年提出5点希望。首要的一点，就是希望广大青年坚持远大理想，勉励广大青年把个人奋斗同人民为实现中国特色社会主义共同理想的奋斗紧密结合起来，不为任何风险所惧、不为任何干扰所惑，矢志不渝朝着崇高理想奋进，在为党和人民事业的奋斗中创造人生辉煌。

北京大学从创立之初起就和我们民族的命运息息相关，北大学子也一直把自己对理想、对事业的追求同祖国的发展紧密结合在一起。京师大学堂第一任总监督张亨嘉在就职仪式上只对学生说了一句："诸生听训：诸生为国求学，努力自爱。"这是北大历史上最简短的校长演说词。那句"为国求学"，朴实无华而又庄严无比。为天地立心、为生民立命、为事业献身、为国家昌盛和人类谋福的使命感和责任感，从一开始就烙印在每个北大人的内心深处，融入进每个北大人的精神气质当中。

我希望同学们不仅要对国家忠诚，还要对你们所从事的事业忠诚，对你们的家庭、朋友、同事忠诚。忠诚是一种品质，是一种操守，也是一种责任、一种荣誉！在这个世界上，并不缺乏有能力的人，但众多有能力的人能够汇聚一起成就事业，一定是能够忠于共同目标、团结一致的结果。

同学们，毕业后你们将要实现人生角色的一个重要转变，你们不再单单是在象牙塔中的学生，你们作为社会个体，将要履行更多的社会责任。你们和别人是相同的，但又是不同的。你们是经过大学和研究生阶段的教育和培养后走到社会的，更重要的，你们是北大的毕业生。最近，《人民日报》连发四篇署名文章，探讨"我们的社会需要什么样的价值"。我希望大家也能认真去思考一下这个问题。我们做好学术，是学者的本分；我们坚守忠诚，是做人的要求；但我们除了这些，还应为我们这个社会的文明进步，为这个时代的和谐发展，为这个历史的进化提升，发出我们的声音，做出我们的努力！

当前，我国社会正处于转型期。社会转型往往伴随着不同价值观念的交织。但是我们每个人的是非判断、行为选择并不是没有遵从，我们的自由也不是没有节制。社会有公德，国家有法律，做人有底线。我们不能无视那些普遍规则和原理。我们不能以丑为美、以恶为从，我们不能随意消费我们的荣誉和尊严，也不应该对世事淡然、人情冷漠。我们能够客观公正地看待问题，同样我们也能够理智清晰地处理事情。我希望我们每位同学，走出校门在社会这个大舞台也同样交出一份完美的答卷！

"曾经燕园学松柳，何处落脚不成材"这是我今年为《北大博雅》系列丛书《村土寸心》一书写的题词，这本书记载了25位北大校友在祖国各地基层工作的感人事迹。今天我把这句话也送给大家。希望同学们走出校园后，不管扎根何处，都能以强烈的使命自觉和责任担当，成长为国家、社会和人民的有用之才，以无愧于"北大人"这一光荣的称呼！

同学们，未来的路还很长，希望你们每一步都走得稳当、走得踏实。请用心去经营你的生活，用心去从事你的事业。
母校期待着你们的成功！期待着你们平安、进步、幸福！

同学们，请记住北大！

北大将永远矗立在你们的身后！

让我们共同努力，相聚在下一个辉煌的时刻！

北大永远欢迎你们！

祝福你们！

你们更需要的是不唯众、不跟风，不在意在普通的道路上是否比别人走得更快，而是具有从容地行走在无人知晓的荒原上的勇气。因为只有这样，你们才能看到别人看不到的风景。

看别样的风景
——在 2012 届本科生毕业典礼上的致辞
（2012 年 7 月 4 日）

陈吉宁
清华大学校长

亲爱的同学们：

今天的典礼标志着你们圆满完成了本科学业，即将开始新的人生航程。很荣幸，你们是我作为校长送走的第一届毕业生。几年来，我和老师们看着你们跟随奥运的脚印来到清华，看着你们在军训基地列队踢正步、站着吃馒头，以及最近传到网上的各种"卖萌"的毕业照；听过你们"24 号方阵"通过天安门时响亮的口号，听过你们百年校庆志愿者热情的讲解，以及"马杯"赛场上奋力的呐喊；记得你们在"微积分"课堂上紧蹙的眉头，记得你们赶去听文化素质讲座一路飞奔的身影，以及北门外翅香园关闭时的留念——转眼间，就到

看别样的风景

119

了你们毕业的时节。大学是最值得铭记的青春时光，你们在这里洒下了汗水和泪水，留下了友情和爱情，种下了梦想和希望。今天，你们毕业了！我代表全校教职员工对你们、对你们的家人，表示最衷心、最热烈的祝贺！

同学们，毕业是一个充满怀念，满载祝福、嘱托和期望的时刻，但今天我只想在这里和你们分享两个我最近读到的故事。

第一个是关于杨振宁先生的故事。1946年，杨先生在芝加哥大学读研，那时研究生都很穷，有一次他在报纸上看到一则填写纵横字谜的广告，最高可以拿到5万美元奖金。当时参加比赛的人多是家庭主妇，他想自己总比家庭主妇强，于是就和几个同学报了名。果然，两个月后主办单位来信，祝贺他们得到了最高分，但还有一组人跟他们的分数一样，所以要再填一个难度更大的字谜一决胜负。于是他们开始分工合作，杨先生的任务是把《韦伯大字典》里所有五个字母的单词都列出来。为此，他到图书馆通宵查字典，到早上五六点钟的时候，实在累得不行，想回去睡一觉。他从图书馆出来的时候，看到地上有份《纽约时报》，大标题写着《汤川秀树获得今年的诺贝尔物理学奖》，他一下子猛然惊醒，责问自己："杨振宁，你在做什么？"此后，杨先生一直专注于物理学的研究，并成为20世纪最伟大的物理学家之一。

我讲的第二个故事来自于《纽约时报》的一篇文章，是关于当今美国乃至全球IT界最有影响的企业家之一皮特·泰尔。年轻时，泰尔为能进入斯坦福大学而展开竞争，接着为取得在斯坦福大学法学院学习的机会而竞争。在这些竞争中，泰尔都取得了成功。所以毕业后，他理所当然地想要通过竞争，成为美国联邦最高法院的书记员。但是这一次，他失败了。这次失败促使他放弃了成为书记员的最初设想，走出法律圈，成立了贝宝（PayPal）公司，后来又成为包括脸谱网（Facebook）在内的多家知名高科技公司的最早投资人之一。之后曾有人问他："没有进入美国联邦最高法院，你是否暗自庆幸？"这个问题让泰尔陷入沉思。他发现，人们总是认为竞争中的优胜者能够脱颖而出，但是，在使自己变得更有竞争力的过程中，人们有时会错把最难达成的目标看成是最有价值的目标，把激烈的竞争看成是价值的代名词。他认为，我们并不应该只是满足于成为一个成功的竞争者，而应当努力成为一个出色的垄断者。在某个已有很多人从事并且范式成熟的领域努力工作，你可能比别人做得稍好，但相比之下，开拓一片新的天地并完全掌控它，会更有价值。在这个全新的领域，你能对社会做出更大的贡献。

同学们，在追求理想的抉择中，这两个故事给我们的启迪似乎相互矛盾，在利益或挫折面前，是坚守还是另寻他径？我想这取决于我们如何认识理想。坚持人生的理想通常并不仅仅是学会如何放弃眼前的利益。一个人的理想也往往不是一个可以清晰描述的宏大的目标，它更应该是一种对人生价值的执著追求、对有真正意义的高尚生活的追求。我相信，你们作为一名清华学生，有战胜懈怠的毅力，有走出彷徨的智慧，也有耐得住寂寞的情怀，但你们更需要的是不唯众、不跟风，不在意在普通的道路上是否比别人走得更快，而是具有从容地行走在无人知晓的荒原上的勇气。因为只有这样，你们才能看到别人看不到的风景。

同学们，你们这一届在清华大学有一个特定的称号，叫做八字班。在清华的历史上，八字班向来是人才辈出，比如 1918 级的经济学家陈岱孙，1928 级的语言学家吴宗济，1938 级的空间技术专家王希季，1948 级的数学家丁石孙，1958 级的核材料与核燃料专家陈念念，1978 级的微波专家刘国治，以及 1988 级的广西玉柴集团总经理李汉阳，等等。我前面提到的杨振宁先生，他是 1938 年入学的，正好也是八字班的，今年是他 90 华诞，与你们一样他也是"90 后"。

同学们，我相信，你们一定会像你们的学长一样，成为清华为之骄傲的八字班，随着时间的流逝，清华的底蕴终究会在你身上慢慢发酵，不甘于平凡的基因终究会让你们理解什么是"自强不息、厚德载物"。我相信，理想高处的风景会时刻引领着你们，让你们不畏眼前的浮云、不乱脚下的步伐；而你们对理想的选择和坚守，不仅会决定你们人生的高度，也终究会让你们在苍茫的现实中看到更为辽阔的风景。我相信，在你们看到别样风景的时刻，回味的不只是"舌尖上的清华"，回想的不只是教室的安静和操场的热闹，回忆的也不只是幽美的荷塘和白发的先生。那一刻，太阳初出时，首先照耀的将是山顶的你们；那一刻，你们也是很多人眼中别样的风景。清华憧憬着你们的憧憬！

愿你们在对理想的追求中收获一生的快乐和幸福！

谢谢大家！

在这个世界上，真正能够把握我们心灵的，只有自己；健康、快乐、成功、幸福与否，很大程度上都取决于我们是否具有积极的心态。从今天开始，用积极的心态点亮自己的未来！

用积极的心态点亮未来
——在 2012 届毕业典礼上的致辞

（2012 年 6 月 25 日）

李晓红
武汉大学校长

亲爱的同学们：

大家早上好！

六月江城，皇皇武大，万方学子，齐聚珞珈。今天我们在这里隆重集会，举行 2012 届本科生和研究生毕业典礼。这是学校最重要的节日，也是同学们最值得纪念的日子。在此，我谨代表学校，向所有 2012 届毕业生表示最热烈的祝贺！向所有为同学们成才辛勤付出的亲人、师长和朋友致以崇高的敬意和衷心的感谢！

"东湖之滨，珞珈山上，这是我们亲爱的学堂。"刚才播放的视频记载了你们在武大的心路历程。四季美景如画，青春如花绽放。你们到讲座现场抢座位，在网上"秒杀"选修课；你们在金秋艺术节各显身手，在运动会上挥洒激情；你们体验了新图书馆的博大与雅致，感受到无线校园的时尚与便捷；你们承受了樱花时节的拥挤，目睹了暴雨过后的"海景"；你们为学校评上五位院士而欢呼，为校友踊跃捐赠而振奋；你们用亲情感动中国，用青春诠释人生。你们是武大进步的亲历者，是推动学校发展的重要力量！作为校长，我能感受到你们的智慧与勤奋，体会到你们的苦与乐，你们是学校最宝贵的财富，我为你们感到自豪和骄傲！

同学们，你们即将走出校门，踏入社会，此时此刻，你们的心中一定牵挂着未来，你们一定在思考未来的路应该如何走。作为校长和老师，我也在思考，思考应该送你们什么样的寄语。我思考再三，想用一个小故事来道出我对你们的离别赠言。

1989 年我在美国学习时，我的房东是一位 70 多岁的老人，他曾参加过第二次世界大战，有着丰富的经历。每天早晨碰到我，他都会笑容满面地和我打招呼："Today is a good day！"他说："不论天气好坏、境遇好坏，我们都要告诉自己 Today is a good day，今天是个美好的日子。这会给自己积极的心理暗示，带来好心情、好状态、好运气！"20 多年里，我一直记着这句话，它使我对每一天都充满美好的向往，用积极的心态去处理各种复杂的事情。我深深地感受到：在这个世界上，真正能够把握我们心灵的，只有自己；健康、快乐、成功、幸福与否，很大程度上都取决于我们是否具有积极的心态。因此，我把这位美国老人送给我的话，作为离别赠言转送给你们，那就是：Today is a good day，今天是个美好的日子，从今天开始，用积极的心态点亮自己的未来！

面对未来，你们要用积极的心态去担当社会责任。今天的世界，有诸多难题需要你们去求解；祖国的发展，迫切期待着你们去担当。在人们眼里，作为"80后""90后"的你们，是"小康一代""网络一代""玻璃一代"，你们身上被贴了很多标签。但我知道，作为新一代的大学生，你们其实有着很强的责任意识，无论是对社会、对国家，还是对自己、对亲友，你们用切实的行动诠释着责任、关爱与奉献。到山区支教的赵小亭如果还活着，她现在应该和大家一起，在这里庆祝自己毕业，在她身后，成百上千的"小亭"从珞珈山出发，奔赴志愿服务第一线；中国大学生年度人物黄碧海用爱唤醒了"植物人"母亲，充分体现出对亲人的责任和对中华传统美德的传承；大学生"学雷锋小组"接力棒，已在同学们手中传递了24年，传递的是可贵的担当和奉献……因此，我毫不怀疑你们的责任与担当意识，毫不怀疑你们创造美好未来的能力。谁说你们是靠不住的一代？你们将是未来中国的脊梁！我相信：就像给人类带来福祉的普罗米修斯那样，你们的积极作为和勇于担当，就是未来的希望与阳光所在！

　　面对未来，你们要用积极的心态去追逐梦想。拥有积极的心态，能让我们在梦想的追逐中永葆激情。过去的日子里，也许你没有参加学校的辩论队、合唱团或者"Forward"团队，也许没有机会代表武大摘得国际大赛的最高荣誉；也许你没有像获得中国青少年科技创新奖，就坐在你们中间的博士毕业生刘超一样，潜心于化学研究，2篇论文发表于国际权威期刊；也许你没有像动力与机械学院的"中国大学生自强之星"，就坐在你们中间的本科毕业生梁龙双那样，热衷发明创造，获得了27项国家专利；也许你没有像国际软件学院硕士毕业生，就坐在你们中间的曹祺一样，成为创业明星，研发的手机办公软件全球推广，创办的公司资产估值高达数千万元……但我知道，你们都曾怀揣着自己的梦想，奔走在实验室、在图书馆、在社会实践或者公益服务的路上。当你们离开宁静、自由和宽松的大学校园，不断刷新的流行元素会让人目不暇接，多元的价值观念会让人无所适从，你们要以积极而平和的心态去实现自己的梦想，保持淡定，辨认和听从自己内心的声音，要不因成功而浮躁，不因诱惑而动摇，不因误解而苦闷，不因失败而放弃。我相信：对梦想的憧憬与坚守，会让你们充满前行的动力；对梦想的孜孜追求，会让你们收获富有意义的人生。有梦想就有希望，有希望就有未来！

面对未来，你们要用积极的心态去改变世界。积极的心态能够给我们强大的力量。乔布斯以自己的人生践行了"活着就是为了改变世界"的宣言。在我们武大校友之中，也有很多"乔布斯"。去年的毕业典礼上，我讲述了一个乔布斯式的人物，他就是我们的杰出校友、泰康人寿保险股份有限公司创始人陈东升，今天他已来到毕业典礼现场，他的故事等会儿由他自己来讲述。今天，我想讲另外一个乔布斯的崇拜者和效仿者，人称"雷布斯"的金山软件公司董事长、小米科技 CEO 雷军。他是计算机学院 1987 级的学生、杰出校友。大学时代的他，爱学习、爱梦想、爱打拼，仅用了两年的时间就修完了所有的学分。他曾经有过以失败告终的大学创业经历。大一那年，他在图书馆里看到了乔布斯的传记，点燃了自己的人生梦想。毕业后的 20 年里，他参与创办了金山软件公司、卓越网，投资了乐讯、乐淘、拉卡拉等十多家初创公司，催生了互联网行业的一批知名企业。在人们看来，功成名就的雷军可以就此止步了。但就在两年前，他毅然选择了第二次创业，创办小米科技，于是就有了这两年风靡网络的"米聊"和小米手机。雷军崇拜、效仿乔布斯的"极致追求"，因此建立了自己的梦想王国。有了这种勇于改变世界的精神，有了这种敢想敢做的气魄，谁敢说：昨天的乔布斯、今天的雷军，不会是明天追梦的你们？我相信：今天的你们，就是明天的"乔布斯"和"雷军"！今天的你们，就是改变世界、创造奇迹的精英！

积极的心态，可以理解为一种积极的思维模式，也可以理解为一种充满智慧的理性选择。积极的心态，集中于个人身上，体现的是一种品格；汇聚于一个集体，体现的是一种风尚；传递于一个民族，体现的是一种精神。我们不妨学学那位70多岁的美国老人，每天早晨告诉自己"Today is a good day"，让积极的心态点亮我们的未来！

同学们，人生新的征程就要开始，你们一路的行装是否清点完毕？你们的"珞珈慢递"——"写给自己未来的信"，是否已经寄出？从大学校园进入现实社会，你们将面临不同的社会环境和压力，就像曾经热传于网络的那组"人生压力图"，每个人都可以从中找到自己的影子。你们要改变对待压力的态度，变压力为动力。我衷心地希望你们，调整好心态，装点起智慧与激情，携带着母校的期盼与祝福，豪迈地出发吧！去勇敢地担当责任，去执著地追求梦想，去积极地改变世界，去开创属于你们的幸福人生！

带走武大之精神，传播五洲之大地，树我珞珈之灵魂，扬我武大之威名。祝你们一切如心意，望你们常回家看看。

谢谢！

要时刻记住：高贵来自平凡，精英源自普通。在走向社会以后，要讲规则、讲道理、讲情义、先做人、后做事。要用我们的双手，托起人民的幸福和祖国的明天。

当梦想起飞的时候

——在 2012 届毕业典礼上的致辞

（2012 年 6 月 20 日）

张尧学
中南大学校长

今天是个美好而又伤感的日子。美好是因为同学们经过几年的学习，成长了、成熟了、翅膀变得硬朗了，就要独立飞翔。伤感的是你们马上就要离开学校了。

我知道，在中南大学的这几年，你们有过许多刻骨铭心的记忆：例如住宿条件差，在选课时遇到网络系统堵塞，在课堂里困扰于听不懂的湖南方言，你们也常对食堂饭菜的品种、花样和质量耿耿于怀……所有这些，都是我作为校长服务不周到的地方，我再次表示歉意！

我也知道，这几年里你们也有许多美好的记忆：信息科学与工程学院里，有你们又怕又爱、面冷心慈的"吴奶奶"

吴同茂老师；湘雅医学院里，有熟悉临床 8 年制学生的各种详细信息、生病也要为同学们办好毕业庆祝晚会的辅导员丁红珊老大姐；铁道校区学生 3 舍里，有同学们遇到困难就愿意和他聊一聊的宿管员李发强师傅；升华公寓 25 栋里，有被同学们称为贴心哥哥的楼管员"杨帅哥"；等等。

除了他们，学校里还有"万人丛中一握手，使我衣袖三年香"的大家和名师：年近八旬，仍然风风火火奔走在科研一线的钟掘院士；美丽智慧、站上央视"百家讲坛"的杨雨教授；还有静可在病房把脉问诊、动可在课堂口若悬河的国家教学名师张亚林教授、范长江教授；等等。

所有这些人，或为大家的成长传授了知识，或为大家的生活提供了帮助，更重要的是他们让你们懂得了什么是中南、什么是中南的价值观、什么是中南精神！师恩重如山，情义深似海，我相信同学们会将他们留在记忆深处，作为对学校的美好回忆和今后前进的动力！

我更知道，在学校的这几年里，你们发扬"敢为人先、敢于吃苦、敢于拼搏"的中南精神，涌现出了很多优秀的代表：刘路，你解决了"西塔潘猜想"，走上了奔赴大师的路；袁廷刚，你荣获全国"挑战杯"特等奖，真的"挺刚"；高大维，你以专业综合成绩第一名直接攻博，并出版了 20 余万字的《劲草文集》，真的"大有作为"；韩朝飞，你创建了中南大学湘雅社会实践团，利用假期先后 8 次自费前往湘西支教、助学、义诊，你是"早上飞""草上飞"；陈君，你申请获批 4 项国家专利，创办长沙市骏姆测控设备有限公司，你是我们学校的"创业之君"；李帅，你照顾孤寡老人 3 年，不管刮风下雨、节日假日，你真的"很帅"。你们是中南大学的骄傲，我和所有的教职员工们为你们自豪！

不愿意和你们说再见，我亲爱的同学们！

在你们的梦想即将起飞时，作为你们的校长，我想问问大家——你们准备好了吗？

准备用什么磨砺你们的精神？准备用什么壮实你们的身躯？准备用什么激励你们的坚强？准备用什么浇灌你们的爱情？准备用什么迎接你们事业的辉煌？

当你们看到五星红旗冉冉升起时，会从内心深处燃起火一般的激情，想到要用生命来捍卫她吗？当祖国需要时，例如当敌人的军舰在南海公然挑衅时，你们能像黄继光堵枪眼、董存瑞炸碉堡那样保卫我们的祖国、我们的父老乡亲吗？

当你看到老人在马路上跌倒、儿童在河边落水时，你能毫不迟疑出手相助吗？当你成为一名公务员时，你能运用手中的权力，为素不相识的普通百姓尽心服务吗？当你在生死攸关的危急关头，你能像最美女教师张丽莉、最美司机吴斌那样舍身救他人吗？当准备自主创业时，你能像河北"油条哥"刘洪安那样用良心、诚信来经营吗？是的，我们中南人将来会成为各界领袖、社会精英，但我们永远都不要忘记：群众大于天！人民大于天！我们只是草原中的小草，大河底下的沙粒。要时刻记住：高贵来自平凡，精英源自普通。在走向社会以后，要讲规则、讲道理、讲情义，先做人、后做事。要用我们的双手，托起人民的幸福和祖国的明天。

学不可以已。荀子曰："不积跬步，无以至千里；不积小流，无以成江海。"当今时代，科技日新月异，你们在学校学到的知识只是为继续发展做了基本储备，而在未来的社会竞争中，大家将面临诸多挑战，你们能勇敢面对吗？中南大学曾培养出王淀佐院士、鞠躬院士等大批学术大师，培养出梁稳根、王传福等大批杰出的创业领军人物，也培养出肖亚庆、郭声琨、姜异康等大批政坛精英。但是，大家可能不知道，王淀佐院士1949年从东北大学肄业后，曾在东北人民政府工业部有色金属工业管理局当过技术员，1961年从中南矿冶学院毕业后才开始从事教学科研工作；梁稳根毕业后是从租借一台冶炼炉开始创业，直到今天发展为全球工程机械制造商50强，两次名列福布斯榜中国首富；肖亚庆1982年从中南矿冶学院毕业后，开始是一名普通教师，后来转到工厂任技术股长，最后一步一步成长为中国铝业公司的掌门人、国务院副秘书长。他们的成功，是不断学习、持续发展的结果。"江山代有才人出，各领风骚数百年"，梁启超先生在《少年中国说》里曾大声疾呼："少年智则国智，少年富则国富，少年强则国强！"我希望同学们也能像我们的杰出校友那样，坚持学习、顽强拼搏、努力奋斗，争取在10年、20年后超过我们的师长、师兄，青出于蓝而胜于蓝。

社会纷繁复杂，挫折与困难无处不在。当你们遇到挫折和困难，遇到失败、失意、失恋的时候，你们能不气馁、不沮丧、不放弃、不埋怨，不忘中南人"敢为人先、勇于坚持"的精神吗？你们能像金展鹏院士那样不为病魔所惧，以超人的勇气和毅力"笑傲江湖"吗？说来，社会精英、领军人物毕竟是少数，你们中也许有很多人只会成为普通小草、垫脚的石头，一辈子默默无闻。但是你们要知道，坚守雪域高原12年的义务支教者胡忠和谢晓君夫妇、烤羊肉串的慈善家阿里木，也是"感动中国"的人物；中南大学校友向军华2000年毕业后矢志扎根艰苦苗乡山区干人武，成为"优秀共产党員""践行当代大学生核心价值观的先进代表";还有学校里那些没有获得各级荣誉,也没有成为"名人",却一直默默奉献的教职员工,同样在各自的岗位上实现着人生价值。你们也能像他们一样,坚强乐观地面对生活,在平凡中实现人生价值吗?

亲爱的同学们,我相信,你们都准备好了,那么你们就勇敢地飞翔吧!无论你们去往哪里、身在何处、做什么工作,母校永远都是你们的心灵港湾、精神家园!无论你们走得多远、飞得多高,母校永远牵挂你们、支持你们!无论你们职位高低、富贵贫寒,母校永远以你们为荣!

光荣属于你们,未来属于你们!

做大事之人必有大爱，成大事之人必有真情。在我们这个时代，
　　最缺乏的恰恰不是自己的所有，也不是成功的光鲜，
　　而是专注于自我之外的对于他人的关怀和对理想的坚持。

做大事之人必有大爱
——在 2012 届毕业典礼上的致辞

（2012 年 6 月 27 日）

陈雨露
中国人民大学校长

各位来宾、老师，同学们：

在中国人民大学 2012 届同学圆满完成学业、即将告别校园之际，我谨代表学校，代表程天权书记、纪宝成老校长向同学们表示最热烈的祝贺。祝贺大家！同时，也让我们一起用最热烈的掌声向为培养同学们付出心血和汗水的各位老师，表示崇高的敬意！

即将离开母校的时刻，相信同学们都会思考一个问题。人大究竟给了我什么？在这里，我有两位校友的故事与同学们分享。

一位是年轻的校友，叫都晓杰。他是一位男同学，山东

烟台人。2008年本科毕业于我校艺术学院数字媒体设计专业。他现在的身份是蓬勃发展的北京树思源工作室的法人代表。他的创业团队从事平面设计、动画制作等文化创意工作。

都晓杰出生在一个农村家庭，母亲患有小脑萎缩已长达14年，平时就靠父亲种果树养活全家。2011年，他的父亲突发大面积脑梗，虽经开颅手术挽回了生命，但是整个右侧肢体失去了知觉。为了父亲能够得到更好的治疗，为了将来有条件更好地照顾父母，他不想让自己的事业中途而废。在家护理父亲3个月后，都晓杰为母亲雇了保姆，然后把父亲背上了开往北京的火车。在北京，父子俩租住在一间10平方米的小屋内。他每天给父亲做3顿饭，每天给父亲按摩浮肿并且毫无知觉的腿脚，有时候工作太忙就给父亲带外卖。由于父母都患有脑部疾病，语言有一定的障碍，都晓杰的愿望很小，他说："只要父母能听懂我说什么，就是我最大的幸福。"

都晓杰在大学四年中表现突出，四年四次获奖，还担任了国家汉语对外推广领导小组办公室的大型纪录片《外国人在中国》的编导。他召集了原来在人大一起合作过的同学组成创业团队，成立了北京树思源工作室。他说："我们就像一棵小树，从小到大得到了很多人的帮助。当我们长大的时候，我们希望能去帮助父母，帮助更多人。"他还说："现在回想起来，在人大的四年时间，收获了很多东西。不仅仅是专业知识的积累，更多的还是拥有了自信去正视困难，调动自己最大的潜能去应对困难。"

另一位是年长的校友，叫苗为民。苗为民1934年出生于安徽太和县二郎乡，1956年考取中国人民大学，后留校任教。在常人看来，那时的他春风得意。然而，为了支持家乡的教育事业，改变家乡的落后面貌，1962年，时仅28岁的他谢绝当时的副校长、老一辈革命家王若飞同志的爱人李培芝对他的挽留，辞去大学教师工作，回到家乡太和县当了一名中学教师。

多年来，教书之余，他积极为弱势群体提供法律援助，经常深入中小学校、企事业单位进行普法宣传，举办法制讲座，免费为群众提供法律服务。并通过咨询服务对缺乏胜诉条件的当事人，耐心劝说他们息诉罢访，通过调解途径妥善解决。在当律师的18年间，他免费调解了200多起案件。1982年，苗为民被调入太和县司法局，他一边积极工作，一边拼命学习，年近50岁时，成为安徽省恢复律师制度后考取律师资格证的第一人。

苗为民一生清廉，从不利用职权为家庭和子女谋取私利。5个子女都自食其力，小女儿至今仍是下岗工人。2012年，就在他去世前不久，病重的苗为民老人在病房里召开最后一次党支部会议，决定将自己农村老家的一处宅院捐给村里作图书阅览室，捐出仅有的5000元存款给小学的孩子们买课外书，并写下遗嘱，在去世后，将遗体作为最后一笔"特殊党费"，捐献给国家。

同学们，大学精神倡导大爱和真情，做大事之人必有大爱，成大事之人必有真情。希望你们能够永远以感恩之心爱父母、爱师长、爱祖国、爱百姓。年轻的都晓杰校友，从孝敬父母做起，从容而坚韧地把感恩之心化作修身之道、齐家之举、治国之行、平天下之志，凝聚成励志奋进的精神力量。年长的苗为民校友，从热爱家乡、忠于祖国做起，用自己强大的内心担当起责任。其实在很多时候，是我们自己悄然远

陈雨露　中国人民大学校长

做大事之人必有大爱

离了理想，而不是理想弃我们而去。在我们这个时代，最缺乏的恰恰不是自己的所有，也不是成功的光鲜，而是专注于自我之外的对于他人的关怀和对理想的坚持。中国人民大学学子应当身怀为民分忧之心、坚守为民尽责之道、守护灵魂、守护信念，带领我们社会的每一个人抓牢爱与责任这根维系社会进步的准绳，树立对于美好人生的情感寄托、对于社会公正的内心追求。只要你们内心充满光辉，你们周围的世界才会显现精彩。

同学们，两代校友大爱真情的故事留给我们极其深刻的启迪。我也时常在想，我们这些在母校工作的同志们是幸福的。因为我们每天努力工作，能为国家尽忠，我们每天努力工作，又能替校友们为母校尽孝，忠孝两全，幸福长存。

让我们祝愿用人大精神哺育的学子们，众志成城，立学为民、治学报国，用大爱之情、为民之心，共同托起我们心中的太阳——中国人民大学！

谢谢。

大学不是象牙塔，也有瑕疵弊病。但是，出了校门之后，你们会发现更多的浑浊之事、之人、之物。你们如出山之泉水，要经受环境变化的考验。眼明心静志向远，出山泉水也要清。

出山泉水也要清
——在 2012 届本科生毕业典礼上的讲话

（2012 年 6 月 18 日）

柯炳生
中国农业大学校长

亲爱的毕业生同学们，老师们，家长们：

首先，再一次向 2012 届的全体毕业生，表示最衷心的祝贺！祝贺你们用四年的时间，增长了知识，开阔了视野，提高了能力，增强了责任感，也顺带获得了文凭。祝贺你们！

我与你们这一届学生，有点特殊的渊源：你们，是我当校长后迎进校门的第一批学生。四年来，我们一起奋斗，一起成长。不过还是你们的进步比较大：你们已经拿到了毕业证书，即将告别大学生活。而我，却还没有获得任何"毕业证"，还要留在这里，继续研读和实践"校长专业"。

这些天来，你们彻夜狂欢，让校园中弥漫着快乐。此刻，我分享你们的快乐，但同时也想在欢乐的喧闹之后，稍微静一静心，与你们一起，进行一些回味和反思。

四年来，学校一直在努力，学校的内涵式发展取得了很大进展。你们可以看到的，是校园更整洁、更精致了，是网络不再拥堵了，是有了一卡通，是夏天不断电了，是教室装空调了，是体育馆和艺术馆开放了，是维修了的图书馆、报告厅和各种学生活动场所，是新建好的和新装修的教学科研大楼，是更多的野外试验台站的建立和改善，等等。而你们见不到的但是可以感受到的，是无门槛转专业等本科生教育改革，是以生为本的研究生教育改革，是至关重要的人事招聘和管理制度改革，是学科和科研方面的重大进展，是学校总体实力和社会影响的显著提高……而所有的这些努力，核心的目标就是一个：让你们更好地成长成才。我经常问自己，在哪些方面还可以做得更好一些？这是一场没有标准答案的考试。而答案，就在你们身上。

四年前，我面对你们，做了任校长后的第一次开学典礼讲话。当时，都讲了些什么，我已经记不全了，想来你们记住的也不会多。不过，有几句话，我还是想再提一下。也许，现在的你们，会有更多的体会和理解。

四年前，我说过，在大学及大学以后的生活中，能力比分数重要，勤奋比智商重要，理想和兴趣比什么都重要。四年后，你们是否有了些亲身体验？勤奋，是否让你学习成绩优异？在考研或求职的过程中，是否是分数让你进入面试，而能力让你通过了面试？而你在四年中的全部所学所做，是否都有理想的激励、兴趣的驱动？如果你的回答都是肯定的，那么，你一定对你的大学生活心满意足、青春无悔。

四年前，我说过，要让理想的风帆高悬。潮平两岸阔，风正一帆悬。那时，你们高考如愿，顺风顺水，满怀憧憬，迫不及待。四年来，你们的眼睛，是否总是盯着理想的风帆？如果有一次机会，你可以从头再来，你是否会做一种完全不同的大学生活选择？如果是这样，那你一定是有一些遗憾。但是，时光不能倒转，生活无法重来。尽管如此，你却不必沮丧。因为，从现在起，你可以站在一个新的起点，你可以让理想的风帆再度高悬，让风鼓满，带你驶向新的成功和快乐的彼岸。

　　四年前，我说过，我有一个梦想，我梦想1400天之后，在场的3388名新同学，都能以自豪、骄傲和快乐的心情告别大学生活，开始你们精英之才的新旅程。谢谢你们，今天在场的所有同学！我又见到了你们在开学典礼上那样开心的笑脸！但与此同时，我心中也有隐痛。有若干学生没有跑完1400天大学马拉松的全程，中途掉队了。我在思问，主要原因是什么？我们还应该干点什么，或许能够避免这种情况的发生？同时，是否还有什么办法，可能让你们的大学生活受益更大？对于你们——处于成长阶段中的学子们，我努力奉行的原则是：关爱而不溺爱，引导而不误导，宽容而不纵容。理论上，是能够说清楚的；而在实践中，要划出一条清晰的界线，经常很不容易。这是每一个当过父母的人，都会遇到和体会到的纠结。我也仍然有很多迷惑。你们，是当事人的另一方，所以，我衷心地希望，你们也能够进行一些反思，然后留下意见，留下建议。尽管，已经无法在你们身上进行改进，但是，却有可能让你们的学弟学妹们，成长进步得更好一些。

出山泉水也要清

139

同学们，前些天，我偶然看到一句唐诗：在山泉水清，出山泉水浊。立刻有强烈共鸣，让我联想起若干年前的九寨沟之行。九寨沟头顶雪山，怀拥钙华，沟中池海瀑流之水，纯净清澈得难以形容。可是出了沟口之后，再看那河流，就已经有了几分浑浊。而再下游的嘉陵江和长江，就更是浑浊不堪了。

同学们，大学不是象牙塔，也有瑕疵弊病。但是，出了校门之后，你们会发现更多的浑浊之事、之人、之物。你们如出山之泉水，要经受环境变化的考验。我希望并祝愿你们：眼明心静志向远，出山泉水也要清。希望你们做"三清"之人：目标清晰，头脑清醒，行为清白。

目标要清晰。人生不能没有目标，目标是动力的来源。目标要清晰，就是要最适合自己。如何找到自己最适合和最喜欢的事情，非常重要。对于有些同学来说，这可能意味着要放弃所学专业。不要过于重视大学专业的重要性。大学不过四年，而人生的职业生涯却有四十年。目标清晰之后，就要敢于选择，敢于放弃；不要患得患失，总想鱼与熊掌兼得。想兼得的结果，可能是都失掉。追求目标要坚定，胜不骄，志向高远；败不馁，不怕挑战。目标越是远大，挑战越是艰巨，而战胜了挑战之后的成就感、满足感和幸福感就越强。

头脑要清醒。外边的世界很精彩，外边的声音很喧闹。但是，嗓门高的，叫的不一定是真相；名气大的，说的不一定是真理。头脑清醒，就是不糊涂，不盲从，不用别人的脑袋思考，不用别人的嘴巴说话。只有在浮躁和喧嚣的背景下，能够静下心来，努力学习，细心观察，认真思考，深入分析，科学推断，才能够获得正确认识、正确判断和正确决策。如此，才能够避免人生中的弯路，不误入歧途。

行为要清白。外边的世界很斑斓，外边的诱惑处处见。要留清白在人间，古人不怕烈火焚烧，不怕粉身碎骨。而今天，更为常见的考验是各种诱惑、窍门和捷径。只有摈弃那些投机取巧之道，而去胼手胝足、摩顶至踵，方是正途。做官、治学和经商，莫不如此。人非完人，有缺点难免，但是，有一些底线，不能突破。这包括法律底线、良心底线、道德底线。守住了这些底线，就能够心无负担，可以每天晚上都睡得香甜。也许，不是每个人都能够做到伟大，因为伟大需要有成功的事业来表现；但每一个人都可以做到高尚，因为高尚只需要有纯净的灵魂来支撑。

同学们，你们一定听说过，大学是人生最美好的时光。我希望，你们可以用行动和实践来推翻这个断言。校门外的世界充满了挑战，但是，也充满了机遇。如果你们努力奋斗，抓住了机遇，战胜了挑战，你们就会发现，大学的生活很美好，但是大学以后的日子更美好！你可以做到，让生命中的每一天都比前一天更美好！

再一次祝贺你们！希望你们常回来看看，我会热烈地欢迎你们——只要我还在这里继续研修"校长专业"的话！

柯炳生　中国农业大学校长

出山泉水也要清

文凭的背后是一种精神，是一种价值追求，是一种心灵的归宿。只有当文凭蕴含了更为重要的价值，才会成为你们内心的骄傲，从而引领你们今后的人生追求。

大学文凭与大学精神

——在 2012 届毕业典礼上的致辞

（2012 年 6 月 16 日）

张清杰
武汉理工大学校长

尊敬的各位家长、各位老师，亲爱的同学们：

今天是 2012 届同学毕业的日子，是同学们人生中一个难忘的时刻。今天之后，同学们将踏上新的征程，开始你们崭新的人生旅途。此时此刻，我的心情和你们一样激动。我代表母校的所有领导和老师们，向你们表示最衷心的祝贺和最美好的祝愿！

毕业的时节令人感慨，未来让人向往，离别却让人伤感，这种心情感染着校园里的每一个人。每年的这个时候，我都会怀着同样的感动，流动的青春中散发的笑声、叮咛和祝愿总是不自觉地把我也带向那些热情澎湃的时刻。每年的这个时候，我都会认真地思考：毕业典礼中为同学们送别时讲点什么？临别赠言，既是我作为校长的责任，也是代表母校对同学们的一种情怀，希望在同学们开始崭新的人生旅途时，母校能够送你们一份值得珍藏的礼物。当你们从学校接过象征你们毕业的文凭时，这些文凭属于你们，也属于你们的家人，更属于这个伟大的时代。所以我就从你们即将接过的毕业文凭讲起吧。

毕业文凭是你们完成学业的重要标志，也是你们人生的一个标志。母校 60 多年的建设和发展的成果及你们个人多年的学习和奋斗，都凝结在这张文凭中。我们每一个人都应该读懂这张文凭背后深刻的内涵，从而用自己的一生承载起这份厚重。中国开科取士 1500 多年，办现代大学 200 多年，附着在这一张张文凭中的魔力究竟是什么？文凭如果仅仅是一张印刷精美的纸张，那么顷刻即可毁灭，也可瞬间复制；文凭如果代表着一种知识水平，那么科技飞速发展，社会日新月异，总有一天会过时。只有当文凭蕴含了更为重要的价值，才会成为你们内心的骄傲，从而引领你们今后的人生追求。

2008 年，离开哈佛大学 30 年的世界首富、微软创始人比尔·盖茨参加了哈佛大学的毕业典礼，并拿到了本科文凭。在受邀演讲时，他说："我终于可以在我的简历中填写本科学历了，这种感觉真不错。"也许，大多数人都很难体会一张本科文凭带给这位世界首富的满足感和幸福感。确实，如果文凭仅仅是一张印刷精美的纸张或代表一种知识水平，比尔·盖茨那些改变世界的创新和无可比拟的财富足以抹平这张文凭的任何价值。对于哈佛大学，比尔·盖茨充满感恩，他曾说："生活在哈佛大学是一种吸引人的待遇……在这里的经历，在这里的朋友，在这里的想法，永远改变了我。"可以说，正是哈佛精神一直在激励他、塑造他、改变他，并一直牵动着埋藏在他心底 30 年之久的大学文凭之梦。作为哈佛人的比尔·盖茨的确需要这样一个证明，因为他需要这样一个心灵的归宿——成为一个真正的哈佛人。同学们即将离开母校，你们一定与比尔·盖茨有同样的感想。

相对于比尔·盖茨，同学们是幸运的，因为你们已经拿到了大学文凭，而不必像他那样历经 30 年之久的煎熬。但同时也是一种压力，因为比尔·盖茨用整整 30 年的奋斗，以自己伟大的创新和辉煌的业绩践行了哈佛精神，证明了哈佛人的价值。这样一种伟大的证明能否在你们身上发生？哪怕是历经 30 年、40 年，乃至你们的一生？未来的 30 ~ 50 年正是中国由世界大国变为世界强国的最重要的时期，也将是你们事业的高峰期和人生的鼎盛期，你们的奋斗必然和国家的发展与民族的兴盛紧紧地结合在一起；同时，文凭所传达的一所大学的责任、诚信和大爱精神也将在你们身上得到验证。正是在这个意义上，你们才会真正感受到手中这张文凭的分量。文凭的背后是一种精神，是一种价值追求，是一种心灵的归宿。因此，当你们双手接过武汉理工大学的这张文凭时，你们已经被赋予了一种精神追求、一种人生定位，已经深深刻上了武汉理工大人的烙印。这既是母校的给予，也是母校对你们的厚望。

文凭的背后是一种精神。亲爱的同学们，300 多年前仅有几十个学生的哈佛学院在"真理"精神的引领下走到了今天的哈佛大学，成为当今世界政治精英、商业领袖和创新人才的摇篮，这对我们学校和我们每一个人来说都是一面镜子，它深刻验证了：没有精神的引领和追求，个人不但一事无成，也将永远找不到心灵的归宿。因此，我真心地希望同学们用母校的"卓越"精神引领你们今后的人生追求，以自身的卓越增添母校的荣誉。借这个机会，我把个人对"卓越"的理解送给你们："所谓'卓越'不是一个目标，而是一种境界，是一种永不懈怠的追求。这个过程永不停息，没有止境。这种境界和追求是我们每一个人人生追求的内在动力和价值源泉。""卓越"精神将不断给每一位武汉理工大人以生命的激情和使命。

文凭的背后是一种价值追求。英国的著名诗人布朗宁曾经说过："当一个人的内心开始斗争，他就具有了价值。"价值的起点是爱和奉献。亲爱的同学们，经过几代人的奋斗，母校已经是一片爱心和奉献的热土。特别是近些年来，正是在你们的群体中，涌现出郎坤这样的志愿者，多年如一日倾心于农民工子女教育，完美地诠释了什么是责任和奉献；涌现出刘普林这样的大学生孝子，多年如一日默默地替母亲清扫大街，树立起自尊、自立、自强并回馈母爱，完美地诠释了什么是爱心和回报。他们的这种爱和奉献感动了我们，也感动了社会。武汉理工大人至诚的爱心和奉献精神在他们身上得到了充分体现。我真诚地希望同学们把母校的这种爱和奉献发扬光大，真正成就你们的价值追求。

文凭的背后是一种心灵的归宿。亲爱的同学们，手捧文凭的那份激动和喜悦总有平复的时刻，而这个时刻你们会发现，自己正站在人生的交叉口。一条追求外在成功的不归之路和一条追求内心平静的回归之路在此刻交织，逼迫你们去思考、去寻找、去选择，其中充满了人生的快乐、痛苦和迷惘，也将因此成就你们的事业，成就你们的人生，让你们找到心灵的归宿。作为一名武汉理工大人，你们精神生活的起点和目标，在你们刚刚踏入这片土地时已经注定，母校的精神和价值追求已经注入你们的心灵，铸就了你们共同的心灵归宿，你们的追求已经是母校追求的一部分，你们的荣誉已经是母校荣誉的一部分。心灵没有距离，永不分开，无论你们走多远，你们将永远不会离开母校，因为你们永远是一名武汉理工大人。

亲爱的同学们，当你们接受文凭的那一刻起，你们就注定要以武汉理工大人的身份走向社会，这个身份将引领你们创造卓越的人生，这个身份也需要你们用自己的卓越追求来不断地丰富和提升，当你们以这个身份为荣时，将是母校最为荣耀的时刻。

让我们共同为母校和每一个武汉理工大人的美好未来祝福！再见了，亲爱的同学们，你们的明天注定是更加美好的春天！

我所担心的恰恰是你们急于成功，以致于你们每天都忙忙碌碌，没有时间感受生活的细节和美好，甚至都没有时间抬头仰望一下星空。其实，成功并不等于幸福，急于成功反而是快乐杀手。

做一个幸福的法大人
——在 2012 届研究生毕业典礼上的致辞
（2012 年 6 月 28 日）

黄　进
中国政法大学校长

各位来宾、各位老师，亲爱的同学们：

大家上午好！

今天，我们以"天下"为会堂，在这里隆重举行中国政法大学 2012 届研究生毕业典礼。同学们，你们是我来法大担任校长后迎进来的第一届研究生，又是法大建校 60 周年的毕业生，我们共同度过了三年时光，我们有特别的联系和感情，看到你们完成学业，顺利毕业，获得学位，我和你们一样，感到非常非常高兴。首先，我代表学校和学校的全体老师，对大家表示最真诚、最热烈的祝贺！

同学们，在这依依不舍、挥手告别的时刻，我想起了一首诗：

> 从明天起，做一个幸福的人
> 喂马，劈柴，周游世界
> 从明天起，关心粮食和蔬菜
> 我有一所房子，面朝大海，春暖花开

这首我们耳熟能详的现代诗歌——《面朝大海，春暖花开》，是我校已故教师、当代著名诗人海子的代表作，它在一定程度上反映了当代人对幸福的向往。今天，藉此诗句，我想与大家谈一谈这个时尚而又经典的话题——那就是"幸福"，作为对全体毕业研究生和全校师生的祝福与期望，祝福大家一生一世与幸福永远伴随，希望大家成为幸福的法大人。

英国哲学家大卫·休谟说过："人类刻苦勤勉的终点就是获得幸福，因此才有了艺术创作、科学研究、法律制定，以及社会的变革。"的确，我们无论是对国家富强与民族复兴的追求，还是对民主法治与公平正义的追求，抑或是对财富与爱情的追求，其终极意义都是为了追求人的幸福。

当下中国，幸福感缺失问题引起了社会的普遍关注。事实上在我国，幸福，已经超越了个人精神感受层面，进入到了国家公共政策领域，一些机构甚至推出了城市幸福指数排行榜，其内容涉及城市建设、生态安全、经济转型、公共政策等等，幸福公民的内容也包括物质生活水平、身体健康、家庭和谐、自我价值实现等等。许多专家学者都在给幸福下定义。幸福究竟是什么呢？坐在宝马车里哭就比坐在自行车上笑幸福吗？留在国家中央机关就比扎根西部服务基层幸福吗？做颠倒红尘的富律师就比做儿童公益的穷律师幸福吗？这些都不尽然。哈佛大学排名第一的视频公开课《幸福》的讲师泰勒·本-沙哈尔认为，幸福是"快乐与意义的结合"，在快乐中去做有意义的事情就是幸福。我比较认同他的观点。那么怎样才能"在快乐中去做有意义的事情"呢？我认为，有两点很重要，这就是我今天想对大家讲的两点：修身立世与修业济世。只有坚持修身立世与修业济世，我们才能得到长久的幸福。

我要讲的第一点是，坚持修身立世，感受生活中的快乐。

曾子的《大学》开篇就讲了"格物、致知、诚意、正心、修身、齐家、治国、平天下"的道理，特别强调修身是内明外用的关键，是齐家、治国、平天下的前提。所以，注意改变人性中不利于感受快乐的缺陷，提高自身修养，是我们处理好家庭关系、做好本职工作、参与公共事务的基础，更是我们在这个世界上幸福生活的基础。

修身首先要修境界，要活得踏实。任何人都会对周围的生活环境产生"情感的共振"，会在意周围的人对自己这样或那样的评价，并可能按照这种评价来行事。这就是生活环境会对人产生影响的原因，也是人的攀比之心的来源。我们的很多苦恼都源于这种人性带来的攀比，这就要求我们对生活环境有清醒的认识和判断，对尘世有独立的人格和自由的思想，不在名利场中迷失自我，不在沧浪之水中随波逐流。请记住孔子的两句话——"内省不疚，夫何忧何惧""君子居之，何陋之有"。

修身其次要修心态，要活得从容。同学们，你们进入社会以后，我不担心你们能否成功，因为我相信，法大的学子通过自己的努力，一定会拥有一份属于自己的成功。我所担心的恰恰是你们急于成功，以致于你们每天都忙忙碌碌，没有时间感受生活的细节和美好，甚至都没有时间抬头仰望一下星空。其实，成功并不等于幸福，急于成功反而是快乐杀手，急功近利可能欲速则不达。正如电影《饭局也疯狂》里谭大师的那句戏谑之言，"幸福与贫富无关，与内心相连"。

修身也要修习惯，要活得自在。思维指引行为，行为渐成习惯，习惯养成性格，性格决定命运。亚里士多德曾说："我们的习惯造就了我们，卓越不是一次行为，而是一种习惯。"这里讲的习惯，不是别人点拨你的为人要有城府，而是深浅由性、待人真诚；不是别人让你羡慕模仿的夸夸其谈，而是言之有物、言行如一；不是热衷于参加各种中国式饭局，而是给自己固定的时间去运动、读书和保持业余爱好。这里讲的习惯，是从我们本性出发，获得我们内心认同，能够给我们带来快乐的习惯。

我要讲的第二点是，坚持修业济世，追求生活中的意义。

英国哲人亚当·斯密在《国富论》和《道德情操论》中分别阐述了人在经济上的利己性和在伦理上的利他性，并指出伦理上的这种"利他"的道德情操永远地根植于人的心灵深处，这是自我价值产生的原因，也是人生意义原始的来源。幸福人生只有快乐还不够，还需要有意义，还需要实现自我价值，还需要经国纬政、经世济民，有所作为，有所贡献，这是人的本性所决定的。

修业首先要修社会公德，践行公序良俗。中国近代思想家梁启超在我国最早提出公德与私德之分，他讲，公德是人人相善其群，私德是人人独善其身。人生活得是否快乐主要取决于私德，人生活得是否幸福还需要公德。同学们踏入社会以后，尤其是进入公权力部门的同学，你们或掌握当事人一生的命运，或决定一个行业的发展，或影响一方群众的生活，这就需要我们加强公德修养，尽自己努力，来升华社会公共生活，完善社会公共秩序。古代晋国执政者范宣子问鲁国大夫叔孙豹说："古人有言曰'死而不朽'，何谓也？"叔孙豹回答说："豹闻之，太上有立德，其次有立功，其次有立言，虽久不废，此之谓不朽。"立德、立功和立言，是中国古代读书人的人生理想。在这"三不朽"之中，最高层次是立德，立德对社会的贡献要远远大于立功、立言。可以这样说，在公共事务与公共生活中树立公德，既是职业道德的要求，也是对社会的实在贡献，更是自我价值的高度实现。

修业其次要修社会责任，发扬"照一隅"精神。我曾在多个场合讲过"照一隅"精神。那是数年前，我访问韩国的一所大学，他们校长送我一本书，名为《照一隅》，"照一隅"的意思就是照亮一个角落，他介绍这是他读中国《史记》得到的启示，"照一隅"是他的人才培养观，他希望他们大学培养出来的学生都有"照一隅"精神。照亮一隅，其实就是人生意义所在。如果将来你是一名法官或检察官，公正审理手里的每一个案子就是意义；如果将来你是一名律师，依法维护当事人的权益就是意义；如果将来你从政，造福一方百姓就是意义；如果将来你经商，对你的客户诚信服务、对你的员工负起责任就是意义；如果将来你为学，潜心治学、教书育人就是意义。无论你是居庙堂之高的贤达，还是处江湖之远的白丁，无论你是阳光，是星光，还是月光，或者是烛光，只要你有一分热发一分光，照亮了一隅，履行了自己的社会责任，那你就找到了人生的价值、生活的意义。

修业最后要修社会理想，为法治天下、公平正义而努力。中国现正处在一个转型发展时期，经济的可持续发展、政治的文明进步、社会的管理创新、文化的繁荣灿烂、国家的民主富强和中华民族的伟大复兴，还需要我们一代又一代中国人不懈努力。你们研究生身为读书人、知识分子、社会精英，要有读书人以天下为己任的境界和情怀，关心国家的发展、社会的进步和人类的文明。推进国家法治昌明、政治民主、经济发展、文化繁荣、社会和谐，不仅是法大的历史使命，同时也是我们每一位法大人的历史使命。同学们步入社会以后，既要埋头拉车，踏踏实实地做好本职工作，也要抬头看路，尽己所能推进国家法治建设和社会公平正义，在实现人类美好理想的过程中实现自我价值，收获人生的意义。

电视剧《士兵突击》里的许三多有句名言——"好好活就是做有意义的事情，做有意义的事情就是好好活"。2000多年前，罗马帝国的恺撒大帝在登上梦寐以求的权力顶峰后，也曾说过一句著名的话——"这一切原来是如此空虚和无聊"。这两个时空、两种身份的两个人，说的两句看似毫无关联的话，却道出了人生的真谛：没有幸福，"神马都是浮云"；人生的意义在于你是否生活幸福。其实，正如道不远人一样，幸福也不远人，幸福就在我们身边，幸福就在我们内心。今天，就在你们中间，有一位来自韩国的博士毕业生，他叫金英俊，师从张晋藩先生。他入校时67岁，今年已70高龄。他曾任韩国高级检察官、律师，退休后来中国学习汉语，研究中国法文化。他学习认真刻苦、研究潜心致远，模范遵守校纪校规，在学生中堪称楷模。真可谓"发愤忘食，乐以忘忧，不知老之将至"。他攻读中国法制史博士学位，没有任何功利考虑，只为实现其从事中韩法文化交流的夙愿。我想，金英俊同学就是在追求幸福，他就是一个幸福的法大人。据说，他还希望在法大继续从事博士后研究，情意甚切。金英俊同学的案例告诉我们，我们既不要醉生梦死的虚无主义，也不要忙碌奔波的功利主义，而要在快乐中体会生活，在快乐中帮助别人，在快乐中做好工作，在快乐中实现人生价值，在快乐中寻找人生意义，做一个高在境界、富有才华、帅在洒脱的"高富帅"，做一个白在行止、富有才情、美在心灵的"白富美"，做一个幸福的法大人。

做一个幸福的法大人！这就是我在同学们离校之前最想对大家说的话。

谢谢大家！

我在与你们同龄的时候，多次拒绝放弃理想以换取"无发展空间"的眼前安逸。我一直深信，如果世界上有任何"成功秘方"，其中最关键的元素必定是你对成功的渴求远远大于对失败的恐惧。

我很在乎未来

——在 2012 届毕业典礼上的致辞

（2012 年 6 月 29 日）

李嘉诚
汕头大学校董事会主席

Dr.Carlson，尊敬的各位领导，

校董、校领导、老师们、各位嘉宾、家长们、同学们：

大家好！非常高兴大家莅临汕头大学。一同分享毕业同学们这快乐的一刻。上星期听到校领导介绍汕头大学十年改革的种种成果和未来五年的计划，实在令人兴奋。我谨代表校董事会同仁向汕头大学每一位老师和工作人员，对你们至诚推动中国教育事业的改革和前进，不畏艰辛、不畏阻力的决心表示尊敬和感谢。我对汕头大学的未来充满信心。

我从来都不太明白，为什么大家常常说以前总比今日好，是因为往日和现实有着巨大的差异令人无奈，难以适应？还

是在昔日痛苦和难过的回忆中，我们总能找到点温馨，转化为今天新的动力？

我1928年在潮安出生，如果你认为今天的汕头还不算很先进，那么八十四年前潮安县的景象就更加可想而知，在家乡这十二年，我有太多甜酸苦辣的回忆。

还记得我六岁那年的夏天，晚饭后一家人陪伴祖母在家里的小院子纳凉聊天，叔叔告诉我们城中的老板如何富有，人们估计他有二十万枚龙银（以古董价计算，今天约值人民币三亿元）的总资产。祖母低沉地自说："不知我们哪一代的子孙，才可能像别人那样。"一个老百姓期求安逸的平常盼望。

我心爱的祖母早已离世，长埋在她最爱的韩江岸旁，七十八年过去，我也曾在扫墓时倚在祖母的墓首，低声地向她说："我们已经做到了。"如果你认为一个失去求学机会，没有任何资源，穷得只剩下希望的小伙子对"命运"巨碾从未惧怕，那我要告诉你事实并非如此，对于贫穷的人，忧虑是一个体验的折磨。

也许你们都听过我如何挣扎求存、奋抗命运变幻无常的故事，但你们可能不知道，我在与你们同龄的时候，多次拒绝放弃理想以换取"无发展空间"的眼前安逸。我一直深信，如果世界上有任何"成功秘方"，其中最关键的元素必定是你对成功的渴求远远大于对失败的恐惧。这心态像是刀锋——锐化你对什么是"可能的"触觉和激发你的梦想；这心态像是预警系统，令你对自满情绪和停滞时刻警惕，令你审慎律己、敢爱、敢说实话、敢当万绿丛中那点红。

当你在我的年龄，你不会想带着后悔和遗憾地感慨，曾

我很在乎未来

155

经是开朗、热情、自信的你，却选择无梦和无理想地过了一辈子，你曾经是正直无畏，真诚和至诚烙印在你那颗赤子之心上，但面对生活冷酷的考验，你选择放弃原则和目标，在道德路上迷失了你的灵魂、你的谦卑和爱贡献的心。

各位亲爱的同学，人生命运必然是你一生做出选择的总结，懂得如何选择和承担后果是谱写自己命运的入门法。

爱因斯坦在普林斯顿大学的办公室门上挂着这句话："不是所有可以算的东西都是重要的，也不是所有重要的东西都可以被计算。"

那你问我当年订立的目标是什么，我的答案你们早就知道——"建立自我，追求无我"。希望你们对命运许下承诺，凭仗智慧和勇气，实现你的梦想及贡献给我们心爱的祖国大地和我们彼此共存的世界。我再次向你们表达衷心的祝贺，今天你以汕大为荣，明天汕大将以你为荣。

在你们走向社会之际，我想说的只是，请看护好你曾经的激情和理想。在这个怀疑的时代我们更需要信仰。选择坚守、选择理想、选择倾听内心的呼唤，才能拥有最饱满的人生。

在怀疑的时代更需要信仰
——在北京大学中文系 2012 届毕业典礼上的致辞

（2012 年 7 月 1 日）

卢新宁
《人民日报》评论部主任

谢谢你们叫我回家。让我有幸再次聆听老师的教诲，分享我亲爱的学弟学妹们的特殊喜悦。

就像刚才那首歌唱的，"记忆中最美的春天，难以再回首的昨天"。如果把生活比作一段将理想"变现"的历程，我们只是一叠面额有限的现钞，而你们是即将上市的股票。从一张白纸起步的书写，前程无远弗届，一切皆有可能。面对你们，我甚至缺少一分抒发"过来人"心得的勇气。

但我先生力劝我来，我的朋友也劝我来，他们都是 1984 级的中文系学长。今天，他们有的仍然是一介文人，清贫淡泊；有的已经主政一方，功成名就；有的发了财做了"富二代"的爹；也有的离了婚，生活并不如意。但在网上交流时，听说有今天这样一个机会，他们都无一例外地让我一定要来，代表他们，代表那一代人，向自己的弟弟妹妹说点什么。

是的，跟你们一样，我们曾在中文系就读，甚至读过同一门课程，青涩的背影都曾被燕园的阳光，定格在五院青藤缠满的绿墙上。但那是上个世纪的事了，我们之间横亘着20多年的时光。那个时候我们称为理想的，今天或许你们笑称其为空想；那时的我们流行书生论政，今天的你们要面对诫勉谈话；那时的我们熟悉的热词是民主、自由、振兴中华，今天的你们记住的是"拼爹""躲猫猫""打酱油"；那个时候的我们喜欢在三角地游荡，而今天的你们习惯隐形于伟大的互联网。

那时我们的中国依然贫穷却豪情万丈，而今天这个世界第二大经济体，还在苦苦寻找更多的幸福，无数和你们一样的青年喜欢用"囧"形容自己的处境。

20多年时光，中国到底走了多远？存放我们青春记忆的"三角地"早已荡然无存，见证你们少年心绪的"一塔湖图"正在创造新的历史。你们这一代人，有着远比我们当年更优越的条件、更广博的见识、更成熟的内心，站在更高的起点。

我们想说的是，站在这样高的起点，由北大中文系出发，你们不缺前辈大师的庇荫，更不少历史文化的熏染。《诗经》《楚辞》的世界，老庄孔孟的思想，李白杜甫的词章，构成了你们生命中最为激荡的青春时光。我不需要提醒你们，未来将如何以具体琐碎消磨这份浪漫与绚烂；也不需要提醒你们，人生将以怎样的平庸世故，消解你们的万丈雄心；更不需要提醒你们，走入社会，要如何变得务实与现实，因为你们终将以一生浸淫其中。

我唯一的害怕，是你们已经不相信了——不相信规则能战胜潜规则，不相信学场有别于官场，不相信学术不等于权术，不相信风骨远胜于媚骨。你们或许不相信了，因为追求级别的越来越多，追求真理的越来越少；讲待遇的越来越多，讲理想的越来越少；大官越来越多，大师越来越少。因此，在你们走向社会之际，我想说的只是，请看护好你曾经的激情和理想。在这个怀疑的时代我们更需要信仰。

也许有同学会笑话，大师姐的调子太高了吧。可如果我告诉各位，这是我的那些中文系同学，那些不管今天处于怎样的职位，遭遇过怎样的人生的同学共同的想法，你们是否会稍微有些重视？是否会多想一下为什么20多年过去，他们依然如此？

我知道，与我们这一代相比，你们这一代人的社会化远在你们踏上社会之前就已经开始了，国家的盛世集中在你们的大学时代，但社会的问题也凸显在你们的青春岁月。你们有我们不曾拥有的机遇，但也有我们不曾经历的挑战。

文学理论无法识别毒奶粉的成分，古典文献挡不住地沟油的泛滥。当利益成为唯一的价值，很多人把信仰、理想、道德都当成交易的筹码，我很担心，"怀疑"会不会成为我们时代否定一切、解构一切的"粉碎机"？我们会不会因为心灰意冷而随波逐流，变成钱理群先生所言"精致利己主义"，世故老到，善于表演，懂得讨巧？而北大会不会像那个日本年轻人所说的，"有的是人才，却并不培养精英"？

我有一位清华毕业的同事，在学生时代就很敬重北大，谈到清华、北大的瑜亮情结时，特认真地对我说："这个社会更需要的，不是北大人的适应，而是北大人的坚守。"

这让我想起中文系成立百年时，陈平原先生的一席话。他提到西南联大时的老照片给自己的感动：一群衣衫褴褛的知识分子，器宇轩昂地屹立于天地间。这应当就是国人眼里北大人的形象。不管将来的你们身处何处，不管将来的你们从事什么职业，是否都能常常自问，作为北大人，我们是否还存有那种浩然之气？那种精神的魅力，充实的人生，"天地之心、生民之命、往圣绝学"，是否还能在我们心中激起共鸣？

马克思曾慨叹，法兰西不缺少有智慧的人，但缺少有骨气的人。今天的中国，同样不缺少有智慧的人，但缺少有信仰的人。也正因此，中文系给我们的教育，才格外珍贵。从母校的教诲出发，20多年社会生活给我的最大启示是：当许多同龄人都陷于时代的车轮下，那些能幸免的人，不仅因为坚强，更因为信仰。不用害怕圆滑的人说你不够成熟，不用在意聪明的人说你不够明智，不要照原样接受别人推荐给你的生活，选择坚守、选择理想、选择倾听内心的呼唤，才能拥有最饱满的人生。

梁漱溟先生写过一本书《这个世界会好吗》。我很喜欢这个书名，它以朴素的设问提出了人生的大问题。这个世界会好吗？事在人为，未来中国的分量和质量，就在各位的肩上。

最后，我想将一位学者的话送给亲爱的学弟学妹们——无论中国怎样，请记得：你所站立的地方，就是你的中国；你怎么样，中国便怎么样；你是什么，中国便是什么；你有光明，中国便不会黑暗。

要是有一天，你半夜惊醒，发现自己已经好久不读书，而且没有任何异常感觉时，那就证明你已经开始堕落了——不管从事什么职业，也不管是贫还是富。

知书、知耻、知足
——在中央民族大学外国语学院 2012 届毕业典礼上的主旨演说

（2012 年 6 月 30 日）

陈平原
北京大学中文系主任

几天前，北大中文系举行毕业晚会，我因事未能出席。事先录制的视频，现场放映时，只有图像而没有声音。据说，我站在北大五院满墙翠绿的爬山虎前，哇啦哇啦说了 5 分钟，很深情地，就是不知道说了些什么。事后，主办的学生一再道歉，我说没关系。学生于是感叹：陈老师真大度，录像被消了音，也不生气。

他们不知道，当初接受采访时，我说的是，系主任在毕业晚会上致辞，基本上说的都是"多余的话"。因为，此情此景，你能说些什么？劝学太严肃，祝贺太一般，勉励太空洞……真是天意呀，这段说了跟没说差不多的话，居然因技术原因丢失了，因此也就变得莫测高深起来，真是"此时无声胜有声"。其实，平日里主要是学生听老师的，到了毕业典礼，就应该是老师听学生的。这种场合，我们这些当老师的，全都心甘情愿当绿叶，或者"配合演出"。

十年前，我指导的一位硕士生毕业后到外地工作，据她事后称，坐上了出租车，指挥着司机，右转，右转，再右转，再右转，一直绕着北大转了三圈，才一把鼻涕一把泪地离开。一开始，司机很愤怒，问："你到底要去哪里？"看她哭成那个样子，反过来安慰："又不是生离死别，现在交通发达，随时可以回来嘛。"她说："你不懂！"确实，外人全都不懂，她是在悼念自己埋葬在未名湖边的青春岁月。事后，那女孩告诉我，那会儿，她哭得很伤心。停了一会儿，又补上一句：不过，也很幸福。是的，哭过，也就放下了。

刚开始在大学教书，我对毕业典礼前后同学们的"过分热情"很不习惯，一时手足无措，不知如何应对才好。后来想明白了，凡是"无端狂笑无端哭"的，都是别有幽怀。我曾开玩笑说，高考前夕的父母，以及离校前夕的毕业生，都是不可理喻的。旁人认为很好笑的举动，在他们则很正常。作为过来人，理解他们此刻的心境，不劝解，不打扰，也不嘲笑，默默地走开，这是对毕业生最好的尊重。当然，如果他们要求合影，你千万别推脱。

毕业典礼上，作为嘉宾，你总得给同学们送上几句好话。"好话"可不好说，既要有教育意义，又不能讨人嫌。

最近两年，大学校长在毕业典礼上致辞，越来越喜欢"飙潮语"，演讲中夹杂大量网络语言，借此收获满堂掌声。如此不讲文体与修辞，过分追求"现场效果"，我很不以为然，去年曾撰文批评（《毕业典礼如何致辞？——警惕"根叔体"的负面效应》,《南方都市报》2011 年 7 月 8 日)。

现在,轮到我来致辞,该说什么好呢?

以前,中国人喜欢攀亲戚、认老乡,现在教育普及,念大学的人越来越多,认校友于是成了另一种时尚。据说,你与哈佛大学毕业生交谈,三五句话,对方必定让你知道他是哈佛大学毕业的,导师是谁,有哪些著名的同学。在中国,北京大学毕业生也被人家这么嘲笑——特别喜欢将母校挂在嘴边。

不要将母校挂在嘴边

毕业生走出校门,我都会叮嘱两句:第一,到了工作岗位,看不顺眼,可以提意见,但切忌动不动就说"我们北大如何如何"。你已不再生活在燕园,得努力适应新的环境。你的同事来自五湖四海,各大学争强斗胜,各有自己的一套。万一你的上司只是中专毕业,或者念的是"二本",你这么伤人家的自尊心,以后的日子可怎么过呀!越是名牌大学毕业的,越得学会诚恳待人、谦恭处世。在中国,"名校毕业"是很好的象征资本,对你以后的发展非常有利。这也是很多人拼命考名校的原因。但这不必挂在嘴上,你的上司以及周围的同事全都知道。反过来,你必须用事实证明,你的"名校毕业"不是浪得虚名。

我想叮嘱的第二句话是:不要将母校挂在嘴上,但不能不将母校放在心里——你是名校毕业的,必须对自己有更高的要求。

不管是学士、硕士还是博士,念了四年、七年还是十年,说到底,只是给你日后的工作打下基础。走出校园后,是否有出息,还得靠自己努力。"成功人士"为了回报母校,常说

陈平原　北京大学中文系主任　知书、知耻、知足

自己如何如何得益于母校老师的谆谆教诲。这话不能完全当真——否则，怎么解释同一班级，有的成功、有的不很成功、有的很不成功？

什么叫"成功"，各人看法不一。作为老师，也都立场及趣味迥异，有喜欢聪明的，有喜欢善良的，有喜欢听话的，也有喜欢漂亮的。但好老师一般都尊重学生的选择，当初因材施教，日后则欣赏同学们各尽其才、各得其所。

"知书""知耻"与"知足"

大转型的时代，随时都有人掉队，有人陷落，也有人飞黄腾达。比起北宋大儒张载的"为天地立心，为生民立命，为往圣继绝学，为万世开太平"，或者过去常挂在嘴边、现在略显生疏的"为共产主义事业奋斗终生"，我更看好"守住做人的底线"——这年头，讲究"道德底线"，要求并不低。

比起高扬理想主义大旗，我更想谈谈技术性的"三知"——"知书""知耻"与"知足"。如果允许的话，再添上一条"知天命"。上大学不就是为了"求知"吗？这"三知"很耐人寻味。

读书人历来讲究"知书达理"。诸位即将毕业，还有点书生气，估计还愿意亲近书本。但我知道，很多人毕业两三年后，就不读书了，忙于日常事务，或整天琢磨如何赚钱。前几年我回广州，老同学见面，说起某人很痴、很傻，都毕业这么多年了，还在读书。说实话，那一瞬间，我心里一凉——读书是一辈子的事，怎么能这么说呢？可见，很多人早已远离了书本。

随着科技发展，书本的形态各异，不一定非"手不释卷"

不可；但"知书"才能"达理"，那是永恒不变的。这里先提个醒：要是有一天，你半夜惊醒，发现自己已经好久不读书，而且没有任何异常感觉时，那就证明你已经开始堕落了——不管从事什么职业，也不管是贫还是富。不是说"读书"这行为有多么了不起，而是远离书本身，说明你已经满足于现实与现世，不再苦苦追寻，不再奋力抗争，也不再独立思考了。

第二，关于"知耻"。大家肯定记得《礼记·中庸》的话："知耻近乎勇。"而明末清初大儒、那位主张"天下兴亡匹夫有责"的顾炎武先生，在《日知录》中称："不廉则无所不取，不耻则无所不为……故士大夫之无耻，是谓国耻！"也就是说，士大夫的无耻，乃整个时代堕落的表征。

在这个充满欲望的时代，我必须提醒大家，做人应"有所不为"。北大中文系 1977 级同学聚会，我没资格参加，因我本科是在中山大学念的。我妻子参加了，回来说了一句，让我很感动。他们同学聚会，清点了好一阵子，很得意——30 年了，全班同学没有一个人"进去"。这年头，诱惑那么多，1977 级大学生又身逢其时，占据那么好的位子，居然没有人因贪污受贿等罪名而入狱。如此"清白"，值得庆贺。

诸位，今天落网而被法办的贪官，有不少是名牌大学毕业的。所以，在清点同学中有多少人当大官、赚大钱，为母校赢得光荣的同时，也请向北大中文系 1977 级学习，清点一下同学中是否有"进去"的。名校毕业生，能认认真真做人，清清白白处世，也很值得骄傲。

第三，关于"知足"。有一回，北大中文系请老教授袁行霈先生给学生谈学问与人生，袁老师说到什么是"幸福"："你生而为人，而不是猪或狗，这是幸福；你长大成人，没有夭折或大病缠身，这是幸福；你有足够的智力与机遇，读大学而且念的是北大，这更是万幸，应该学会感恩。"他最后说道，生活在"伟大的时代"，那可能见仁见智，但袁先生演讲的立意很好——长存感恩之心。感激父母，感激家乡，感激老师与同学，感激这个时代。这么说话，听起来很"道德"、很"说教"，可随着年龄增长，阅世日多，你会逐渐领悟这个道理。

老子说："知足不辱，知止不殆，可以长久。"我之强调"知足"，不是功成名就后为避祸而采取的特殊策略，而是人生中必不可少的"感恩"。在我看来，当下中国人，最大的心理隐患就在于怨毒太深，而感恩太少。

本来还想添上一句"知天命"，怕被过度解读，免了。孔夫子说"五十而知天命"，诸位还没到"而立"之年，似乎不该说得那么早。可我理解的"知天命"，是指洞察人生的局限性——才情不同、机遇不同、时代不同，再心高气傲的人，你也必须明白，耕耘与收获并不一定对等。俗话说，人比人，气死人。必须学会"尽人事而听天命"，这样，才能真的"知足"而"常乐"。

我们都离不开大时代

说过了沉重的，再说点轻松的。诸位走出校园后，何时"重归苏莲托"呀？上世纪 80 年代有一首歌，传唱很广："再过二十年，我们重相会，伟大的祖国该有多么美！"这是典型的 80 年代风格，"理想"与"大话"齐飞。我们都知道，"光荣"不仅"属于 80 年代的新一辈"，也属于每一代有为的年轻人。为什么强调二十年后重相会？原因是，这首歌写于1980 年，二十年后，那就是 2000 年。改革开放初期，我们有个口号——到本世纪末，基本实现四个现代化。

我想说的是：这么多同学，"再过二十年，我们重相会"，实在有点太迟了。大学毕业时，我随口说了句"十年后见"。为什么是"十年"？我也搞不清楚，后来逐渐琢磨出来了。五年太短，山高水长，还没见出分晓呢；三十年又太长，差不多快要退休了。"十年"不长不短，正合适。而且，以我的体会，毕业后第一个十年非常重要，上下求索，不断拓展，确定自己的位置及奋斗方向。十年后，该做什么，能做什么，大体上已心里有数，以后就是如何往前走的事了。

再过几天，我们这些1977、1978级大学生，也要白头相聚，纪念毕业30周年了。发言稿我还没写，但题目早有了，那就是《我们和我们的时代》。我想说的是，每代人都有自己的欢笑与责任、激情与泪花、得意与失落。要警惕"过度自恋"，不断反省自己走过的路，是否已经尽了力，留下多少遗憾，有没有愧对这个时代？使用"时代"这样的"大词"，容易被敏感的年轻人讥讽，可我认定，"大词"也自有其存在价值。

你我的过去、现在与未来，其实离不开大时代。我们这代人——约略等于你们的父母辈，走过了九曲十八弯，因特殊缘故，"文革"结束后才上了大学，从很低很低的地方起步，一步深一步浅，三十年，伴随着中国改革开放的步伐，好不容易走到今天。好在基本上走的是上坡路，虽然很辛苦，但有期盼，因而也略有成就感。你们这一代，起点比我们高多了，也正因此，要一直往上走，比我们更吃力。三十年后，希望你们也举行这样的聚会，也能欣然告诉后来者，说你们活得很充实，因此，也很幸福。

祝福大家。

只要同学们永远怀有梦想，永远坚定追求，永远相信成长，那么无论你们身在何方，青春都不会远去。

以青春之名　为梦想前行

——在 2013 届本科生毕业典礼上的致辞

（2013 年 7 月 9 日）

王恩哥
北京大学校长

今天，2009 级本科生顺利完成了学业，即将迈向人生新的舞台。在这个值得纪念的美好日子里，请允许我代表学校，向全体毕业生致以最热烈的祝贺！向辛勤哺育你们的父母、悉心教导你们的老师和支持你成长的每一位朋友，表示衷心的感谢和崇高的敬意。

2009 年是各位同学的共同标记，其实也是我人生中一个重要的年份。那一年，你们初入燕园；我也在离开母校 19 年后，回到这片熟悉而又陌生的土地。从那时到现在，我们一起走过了四年。我们同在拥挤的食堂里站着吃饭，同在湖光塔影之间散步闲谈，同在热闹的大讲堂看精彩的演出，也同在实验室里通宵达旦地"搬砖"。点点滴滴的共同记忆，将永远珍藏在我们心中。

同学们，四年时光转瞬而过，你们即将告别自己的本科时代，告别这段难以割舍的青春岁月。前段时间有一部很受欢迎的电影——《致我们终将逝去的青春》，里面有一句独白这样讲："青春是一场远行，回不去了。青春是一场相逢，忘不掉了。青春是一场伤痛，来不及了。"在我看来，只要同学们永远怀有梦想，永远坚定追求，永远相信成长，那么无论你们身在何方，青春都不会远去。

同学们，"梦想"是当今中国最富有感染力的一个关键词，也是激励一代又一代青年，一代又一代北大人永恒的关键词。我在校长任职演说中曾经说过，一个国家要有梦想，一所大学要有梦想，一个人也要有梦想。在今天这个时刻，作为你们的校长和老师，我想谈谈自己对于"北大"和"梦想"的理解。

北大是孕育梦想的殿堂。在百年来北京大学培育的数学英才中，有一位毕业生，前段时间以其卓越的科研成就，引起了全球学者的关注。这就是为破解世纪难题"孪生素数猜想"做出里程碑式贡献的张益唐校友。1978年，作为恢复高考后北大数学系录取的第一批学生，张益唐校友进入了燕园这座孕育梦想的殿堂。在这里，他打下了坚实的数学基础，培养了对于数论研究的浓厚兴趣。但在此后的几十年里，张益唐校友却经历了旁人难以想象的困厄与磨难。他将代数几何领域最难攻破的"雅可比猜想"作为自己的博士论文方向，为此耗费多年心血，却因为论文成果未能发表而难以就业。他做过临时会计、餐馆帮手和送外卖的服务员，最终在北大校友的帮助下，非常艰难地在一所大学中谋取了一个没有固

以青春之名　为梦想前行

定编制的助教工作。但是，无论现实境遇如何艰难，张益唐校友从未放弃对学术的挚爱和对梦想的追求。这个梦想，孕育在北大；这份成就，得益于坚持。

北大也是起航梦想的码头。前段时间校园十佳歌手大赛上，有一个学生演出组合，叫"鸽子与大橡树"。他们有一首原创歌曲《三角地是片森林》，其中有这样一段歌词："未名湖是我的胸膛，跳着我的心脏，我经过三角地去上课，我经过三角地去食堂，未名湖是个海洋，漂浮着我们的梦想。"的确，三角地和未名湖承载着北大人太多太多的梦想，北大学子从这里扬帆远航，聚似一团火，散若满天星。今天的毕业典礼，我们特意请来了115位30年前毕业的校友，并将50年前毕业于数学系等七个院系的老学长请到主席台就座。他们当年就从这里起航。今天，他们又回到这个起航的码头，一同来分享你们的喜悦，见证你们的成长。

北大还是成就梦想的舞台。在今年的全国大学生篮球联赛中，我们的男篮、女篮都取得了历史最好成绩，球队中的许多同学都在今年毕业。过去三年的"中国大学生年度人物"——"林歌项目"创始人范敬怡、"售票达人"裴济洋、"奥运冠军"雷声，都是今年的毕业生。今天典礼结束后，将有39名本科毕业生奔赴西部和基层，在祖国最需要的地方建功立业。

同学们，大学既是探索高深学问的场所，要努力在知识的所有主要领域达至卓越；也是担负社会责任的脊梁。要以开放和包容的精神，为所有敢于做梦的普通人，提供成就梦想的机会。2006年，北大重开"平民学校"，我们的食堂师傅、保安、保洁和楼长等，都有了在北大学习的机会。北大校园里先后有 500 余名保安考取了大专或本科学历。今年，我们又加入了 edX 项目，将最优秀的课程放在网络上，让全世界有志于学习的人，都能平等而自由地享受北大的学术资源。

同学们，人的梦想各有不同，但绝无高低贵贱之分，每一颗有梦想的心都值得尊重。一个人人都可以拥有梦想的社会，一个无论你是什么背景都有机会实现梦想的社会，才是一个美好的社会。我希望从北大走出去的学生，能以更加博大的胸怀和包容的精神，成为伟大时代宏伟事业的缔造者和推动者。你们不仅在北大孕育并放飞了梦想，更要传承北大的精神，肩负起更大的社会责任。要用知识和能力实现自己的目标，也要尽可能帮助这个社会中的每一个普通人，帮助他们实现平凡的梦想。让梦想的力量，为这个国家和社会增添更多的正能量！让梦想，照亮中国前进的道路！

希望大家抱定宗旨，坚韧前行。你们未来的道路还很漫长，会遇到很多未曾想到的困难，遭遇很多无法预料的羁绊，甚至忍受很多难以忍受的痛苦。我知道在同学们中间流行一个词，叫"搬砖"，大概是因为做实验、做论文时，需要从事大量的、重复的，甚至单调的工作，因此大家自嘲是在"搬砖"。这样说起来，我可能已经搬了半辈子"砖"了。我有段时间要求自己早上 7 点到办公室，晚上 11 点离开，甚至有点过分地把自己办公室门牌号也定为"711"。这样看起来很辛苦，但我的内心从无压力，因为我一直在做自己喜欢的事情。同学们，艰难困苦、玉汝于成，事业的成功，须经过长时间的辛苦艰难。只有经过了荆棘的考验，爬过了人生的坡坎，挺过了风雨的砥砺，才能看到最美的风景。

王恩哥　北京大学校长

以青春之名　为梦想前行

171

希望大家善于务小，敢于务大。在人生的每一个阶段，可能都会有不同的梦想。你们可能梦想着能有一个好 offer，能早一点发一篇核心期刊文章，能遇到一个心爱的伴侣，或者能在北京这个寸土寸金的地方买上一套房。有这样的想法很正常。人的一生，既要有宏大追求，也要有细微事务，再伟大的人，也要过日子。不扫一屋者，何以扫天下？作为校长，我每天仍然提醒自己想些小事，最好做一两件具体的事，这样的一天我才会感到踏实。我坚信一个大家都知道的道理：积小成大，积少成多。同时，我们也要牢记生命中还有一些更重要的东西——对于民族、国家的责任，对于天下道义的担当。请大家记住总书记回信中引用的那句欧阳修的名言，"得其大者可以兼其小"，要将志向放得更高一些，眼光放得更远一些，将个人的梦想融入团队、集体乃至国家的梦想，同时，也要将步子迈得更稳一些，基础打得更扎实一些，在一点一滴的努力和进步中，日积月累去实现自己的梦想。

如果你真正能够将善言善行融化在血液中、落实在行动上，变成你的性格，变成一种不假思索的"下意识"行为习惯，你就拥有了一种化解各种复杂矛盾的利器，一种高超的人生智慧和力量。

与善同行 一生平安
——在 2013 届本科生毕业典礼上的致辞
（2013 年 6 月 21 日）

陈 骏
南京大学校长

尊敬的各位老师，各位家长，各位来宾，
亲爱的同学们：

大家下午好！

每年的毕业季，我们的心情就像这六月的天气，有欣喜、有牵挂、也有感伤和不舍。既为我们的学子羽翼已经丰满即将飞向蓝天而高兴，又不忍看到大家离开母校、离开你们熟悉的这片土地。此时此刻，请允许我代表学校向同学们表示最由衷的祝贺，祝贺你们，毕业了！

四年前你们来到这里，作为南京大学仙林校区的第一批学生，你们既享有"先驱者"的荣耀，又肩负"创业者"的艰辛。记得当时也是在这里我们初次见面，我向大家提出了三点希望，希望你们传承南大精神、移植校园文化、学会主动学习。今天，我要欣慰地告诉大家，你们用实际行动交出了令人满意的答卷！四年来，你们见证了母校的变化，确立了个人的发展方向，做好了为国家富强、民族复兴做出贡献的准备；四年来，你们承受了新校区发展初期的种种困难和不便，与仙林校区同甘共苦、和衷共济，给予了母校信任、包容和支持；四年来，你们刻苦钻研，安心学习，在教室、图书馆和实验室里，留下了孜孜不倦、不断求索的身影；四年来，你们积极主动地参与到"三三制"本科教学改革中，学会思考、学会选择、学会生活，成为改革的先行者和实践者；四年来，你们创造出了独特而又多元的校园文化，《蒋公的面子》、校庆纪念学分报告会、高雅艺术进校园、社团学子的"百团大战"，尤其是在小百合校长信箱上关于"蓝鲸大学""南哪儿大学"的讨论，让我感受到你们独特的青春激情和真挚的爱校情感。谢谢你们，陪伴母校度过了一段特殊的发展时期。

临近毕业，我一直在思考，本届毕业生留给母校的最让人难忘的特点是什么？有一天我突然明白了：是"善良"。善是古今中外的永恒话题，无数前辈先贤为之弘扬宣传。她是人类文化的精髓，使我们从蒙昧无知走向文明智慧；她是人类独特的标志，使我们从物竞天择中成为万物之灵；她是人类生存的法则，使我们从善待生命、善待自然中获得永生。华夏5000年的灿烂文明，更孕育了善的启迪："人之初，性本善"，是一种人性评定，中华民族求真向善的光辉历史从这里诞生，并不断积淀拓展；"与善人居，如入芝兰之室"，是一种行为规范，中华民族与善同居的文明进程从这里开启，并不断创造辉煌；"上善若水，水善利万物而不争"，是一种道德品质，中华民族乐善好施的独特魅力从这里彰显，并不断发扬光大。"大学之道，在明明德，在亲民，在止于至善"，则是一种文化使命，中国现代大学的人文底蕴和泱泱之风从这里找到源头，并不断传承弘扬。

在我的眼里，四年来在各位同学身上集中表现了"善"的光辉。你们在"小百合"上为新校区发展建言献策，小至停车位、休息椅，大到节约能源、校区规划，这是对母校的善；每年教师节，你们将鲜花送给老师，始终感念师恩，回馈关怀，这是对师长的善；同学有危重病情，你们自发捐款，学有余力的同学通过"雨露课堂"对学习有困难的同学进行帮扶，这是对同学的善；你们为宿管员大叔开欢送会，对"馒头哥"真诚感激，在网上赞扬"东哥""红姐"，这是对工友的善；你们在面对"南海争端"和"钓鱼岛事件"中，表现出来的爱国热情和理性态度，是对祖国的善；你们顶着烈日深入农村、厂矿进行社会实践，踊跃报名亚运会、亚青会担任志愿者，这是对社会的善；平时，你们坚持不懈地前往聋哑人学校、自闭症儿童中心开展助人活动，雅安地震后，你们第一时间排起募捐长龙，这是对人民的善；你们爱护花草树木，精心呵护校园里的流浪动物，这是对自然的善。你们展现出来的理解包容、感恩奉献、责任担当的品质和情怀，都是对"善"的最好诠释。

回顾南京大学110多年的办学历史，其实"善"的精神一直植根于南京大学的文化基因和道德传统中，一直流淌在我们每一个南大人的血液中。

陈　骏　南京大学校长　与善同行　一生平安

175

——这种精神就是"苟利国家生死以，岂因祸福避趋之"的爱国精神。

——这种精神就是"路漫漫其修远兮，吾将上下而求索"的科学精神。

——这种精神就是"为天地立心，为生民立命，为往圣继绝学，为万世开太平"的人文精神。

——这种精神就是"穷且益坚，不坠青云之志"的奋斗精神。

——这种精神就是"采得百花成蜜后，为谁辛苦为谁甜"的奉献精神。

——这些精神就是"诚朴雄伟，励学敦行"的南大精神！

我们看到，无论是"五四运动"的积极声援，还是"五二〇"爱国运动的肇始发端，无论是问鼎中国最高科学桂冠，还是真理标准讨论的第一声呐喊，无论是璨若星空的科学巨擘、文坛俊彦，还是默默无闻、扎根基层的业务骨干，他们对"善"的追求和坚守始终不变。1970年毕业于气象系的王同歌校友，32年如一日，扎根在苏北燕尾港一个条件极其艰苦的海边气象小站，风雨无阻地预报海上天气状况，被当地的渔民称为"保护神"。1981年毕业于物理系的刘茹校友，投笔从戎，连续28年扎根部队基层，面对外界物质诱惑依然坚守内心的精神高地，破解了多项军队装备保障重大技术难题，成为全军的巾帼英雄。上个月，"百合十大"的一篇帖子"一个贫困生的成长经历"让我久久难以释怀：我们的同学面对困境，没有怨天尤人、自暴自弃，反而心存感激、充满梦想，这不正是"善"在一代又一代南大人身上的传承吗？

同学们，"善"的精神已经深深地烙在我们所有南大人的内心深处，在你们即将走出校园、步入社会，即将从南大学子变成南大校友的时刻，我还想像四年前那样给同学们提三点期望。

第一，期望你们"立善志，坚定信念"。"古之立大事者，不惟有超世之才，亦必有坚韧不拔之志"。善良就像一粒饱满的种子，若在我们心中生根发芽，将会成为我们内心强大、不断前行的精神食粮。迈出校门的你们，即将面临人生的多重选择，此时更要坚定自己的内心信念，不迷失、不盲从、不懈怠、不焦躁，朝着自己的志向，勤勉奋斗。"立善志者得善果"。今天在心中立下的善志，必定能收获美好的未来。

第二，期望你们"兴善业，顶天立地"。今天的毕业生要把个人的成长进步融入到推动国家发展、民族振兴的时代洪流中去，要矢志不移地为实现中华民族的伟大复兴不懈奋斗。我们南大人就应当成为各行各业的拔尖创新人才和领军人物。南大人身上的"善"不仅是善良，还应是一种责任与担当。无论是高居庙堂，还是身处茅庐，无论是做科研，还是当村官，服务社会、回馈社会、奉献社会都是南大人永恒不变的承诺和誓言。即将踏上人生新征程的你们，肩负着百年南大的深情重托，更背负着实现中国梦的重大使命。"恰同学少年，风华正茂"。愿你们以青春的激情投身各行各业，勇担社会责任，匡正社会秩序，不辱历史使命，做实实在在的善事，兴轰轰烈烈的善业。

第三，期望你们"求善德，一生平安"。立德，自古为"三不朽"之首。莫言在获得诺贝尔文学奖后，曾饱含深情地回忆母亲对他追求善良、培养同情心的谆谆教诲，在他看来，正是善良的品德，帮助他铸就了事业的丰碑。道德境界的提升是人类永不休止的追求。我希望你们铭记"诚朴雄伟，励学敦行"的校训，秉承"嚼得菜根，做得大事"的传统，不断提升意志品质，完善人格修养，在纷繁复杂的社会熔炉中，做到：不为世俗所累，不为功名牵绊，追求生命本真，坚守道德底线，守望心灵家园。在竞争激烈的人生旅途中，如果你真正能够将善言善行融化在血液中、落实在行动上，变成你的性格，变成一种不假思索的"下意识"行为习惯，你就拥有了一种化解各种复杂矛盾的利器，一种高超的人生智慧和力量。

同学们，勇敢地去追求至善至美的人生境界吧！祝愿你们在含苞欲放的青春中，创造不朽的业绩，在充满未知的世界里，书写新一代南大校友的人生华章。祝愿你们，未来如意、爱情美满、事业顺达、生活幸福，一路与善同行，好人一生平安！

常回家看看！

谢谢大家。

要使自己的人生不脱轨翻车，最最要紧的是坚持这个"公"字，坚守"公"的价值追求：为学的要守"学德"，经商的要守"商德"，从政的要守"政德"。这是关乎我们身家性命的"底线"。

守住底线，追求卓越
——在 2013 届硕士研究生毕业典礼上的致辞

（2013 年 6 月 27 日）

龚 克
南开大学校长

亲爱的 2013 届硕士毕业生同学们：

大家好！昨天学校在这里为 2013 届本科生举行了毕业典礼，我从"南以离开"这个话题说明一个观点，那就是"有公能，才南开"。虽然同学们将离开这"一枝一叶总关情"的菁菁校园，但只要有公在心，有能在身，那么你们走到哪里，哪里就有南开！

今天，有 4217 名毕业生被授予硕士学位，硕士毕业生与本科毕业生有什么不同呢？显然，你们获得的是更高的学位，这说明你们完成了更加系统的专业学习和科研训练，你们的科研工作是学校科研创新和社会服务的重要组成部分，你们的科研成果为提升学校学术影响力做出了重要的贡献。在科研工作中，你们的学习能力、实践能力、交流能力、合作能力也得到了进一步的提高。因此，你们今天收获了硕士学位，站到了人生的一个新的更高的起点。

同学们，你们中的绝大多数将走上工作岗位，有的同学远赴航天发射基地，有的同学携笔从戎，有的同学要到边远地区支援教育，更多的同学选择了祖国最需要的地区和行业，选择了基层的岗位。我对你们的选择表示由衷的敬重。

请同学们想一想，你们手中的学位证书意味着什么？这个"更高"的学位，意味着"更高"的标准。世人将用"更高"的标准要求你，衡量你如何为人、如何做事。而对我们南开硕士自身来说，它应该意味着"更高"的公能自觉。

"允公允能"说起来容易，真正做到则殊为不易，永远做到更是难能可贵。

上个月，中国农业银行的执行副行长被开除公职和党籍，移送司法机关并追究刑事责任。他曾经是一位颇被看好的年轻的金融界领军人物。17年前，他在我们学校获得了硕士学位。毫无疑问的是，他的问题不出在专业能力的不足，而是"价值观"上出了问题。价值的追求是人生的导向，南开人的人生导向就是一个"公"字。张伯苓先生说："'公'字最最要紧，'公'字是最高的道德。"可是这位校友却偏离了为"公"的人生轨道，以权谋私，虽得意于一时、享乐于一时，最终却毁灭了自己。

这位校友的惨痛教训，应使我们每个南开人更加清醒地认识到，人生就如登山，当我们憧憬那高处的无限风光时，不要忘记身旁还有万丈深渊。学位证不是保险带，要使自己的人生不脱轨翻车，最最要紧的是坚持这个"公"字，坚守

"公"的价值追求，这就是以国家利益为重的价值观，就是以公众利益为重的价值观。为此，我们还要坚守以国家和公众利益为导向的职业操守，包括职业规范和职业伦理，为学的要守"学德"，经商的要守"商德"，从政的要守"政德"。这是关乎我们身家性命的"底线"，万万不可掉以轻心。尤其是处在"人生得意"的顺境时，千万不能忘乎所以只想"尽欢"，而要恪守"公"德和"业"德。

同学们，对于我们南开人来说，在守住底线的同时还要在为"公"的导向之下追求卓越，追求更高的人生价值，这就是要在"振兴中华"——这个你们这一代人"生逢其时"的伟大事业中作出自己的贡献。请同学们想一想，你们生逢一个怎样的时代？自1840年以来，包括以周恩来为代表的无数南开先贤在内的多少志士仁人为中华复兴奋斗了170多年。是你们，将在建党100周年的时候，亲手把我们的祖国建成全面小康社会和创新型国家；是你们，将在建国100周年的时候，亲手把我们的祖国建设成富强民主文明和谐的社会主义强国，从而实现振兴中华的伟大梦想。这是多么壮丽豪迈的时代。

"振兴中华"这一伟大事业如"九尺之台，必起于垒土"，你们从事的具体工作就是其中的一块垒土；实现"人生价值"就像千里之途，"不积跬步，无以至千里"，你们的点滴成就和进步，就是"跬步"。南开人的为"公"之志，并不在于豪言壮语，而正是在于这"垒土"和"跬步"，在于踏踏实实、矢志不渝地不为沿途的繁华所干扰、不为途中的艰难而畏缩，敢于吃苦、善于坚持，逐步克难而成事。用实际行动去诠释"允公允能"，用实际行动去创造"日新月异"，这就是我们所有南开人对你们——2013届毕业生的殷切期待！

生活是一本精深的书，别人的注释代替不了自己的理解，它需要每一个人自己去经历。希望同学们能以思考立身，在不完美之中寻求创造，在磨难中去体验有价值的人生。

生活是本书，需要自己经历
——在 2013 届毕业典礼上的致辞

（2013 年 7 月 6 日）

郑南宁
西安交通大学校长

🎤

亲爱的同学、尊敬的各位老师、家长：

大家上午好！

在各位同学完成学业，迈向未来的时刻，我向你们表示衷心的祝贺。刚才的毕业歌唱出了我们共同的心声：这里是我们共同的家，有我们最美的年华，年轻的梦在这里发芽，我们都已经长大。今天，各位同学伴随着学业的进步和思想的成熟，就像美丽的蒲公英，随着毕业的风，飞向远方，飞向未来。

看到你们洋溢着青春活力的脸庞，我不禁想起我的大学生活。我常常在想，大学为什么让我们如此迷恋。工作以后

才慢慢明白了，大学为我们提供了创造、自由和宽容的空间。这个空间，传递着智者的神思妙想，培育着独立思考和追求卓越的品格，交织着师生之间、同窗之间的深厚情谊。正是在这个空间，这所大学的历史和文化点点滴滴融入到我们的生命之中，使我们的人格和信仰不断成熟，获得了思想的成长，心灵的浸润，精神的淬炼。我想，这就是大学珍藏在我们心中的永恒记忆。

20世纪法国著名的哲学家萨特认为，人的"存在"，是一个从过去推向未来的，按照自己的意愿突破既定自我，实现新的可能的过程。萨特的这一观点深刻地揭示了"人"丰富的生命内涵。人，是通过创造来展现自己、成就自己的。在过往的历史中，这一生命的真谛往往被遮蔽。在传统社会里，由于物质和文化资源的匮乏和绝对垄断，导致创造历史和改变世界的可能性只是在少数人手中。

但是，同学们，今天我们非常幸运地生活在一个开放的、伟大的时代，创造成了我们这个时代的精神维度，成为我们每个人实现自我人生价值的主要途径。也正因为如此，创造精神成了现代大学的文化特征。秉承创造，大学才能成为独立思考、追求真理、引领社会发展的真正学府；秉承创造，诸位同学才能成为自己生活真正的塑造者，才有机会使自己成为创造历史和改变世界的卓越者。当然，如果你对自己的选择始终怀有一颗炽热的心，即便是在最平凡的工作岗位上，你也能体会到一种创造的价值。

在从传统社会向现代社会迈进的征程中，中国社会的诸多面相展现在世人面前。其中有惊喜、兴奋和满足，也有失望、无奈和焦虑。人生的价值和生命的意义在现实社会中往

郑南宁　西安交通大学校长

生活是本书，需要自己经历

183

往容易被物质和欲望所淹没，初入社会的你们容易变得无所适从，角色的转换也许会让你们感到措手不及。"事业的成功和爱情的美满"，作为年轻人最祈望的两件人生大事，也将非常现实地摆在诸位同学的面前。想必同学们考虑的问题会越来越严肃和沉重，心中对未来的期许也可能面临种种困惑。的确，人生的过程有着许多不确定性，正是这样的不确定性，才使得现实未必尽如人意，才带来人们对希望的追求，这就是生活。

最近在网上看到几则新闻，有一位父亲因孩子未考上大学，竟然拉上全家去跳河；也有高中生因高考失利，而选择轻生走向不归之路。此外，现在每年都有一些大学生因各种原因迷失人生，而结束自己的生命。我作为一个父亲，对这些现象感到十分痛心。作为一个教育工作者，也在扪心自问，我们的教育究竟缺失了什么？为什么现在的年轻人，包括一些成年人，缺乏抗逆境的能力？为什么对生命如此漠视？如何学会应对人生中的种种失意与挫折、苦痛与磨难，也许是伴随我们整个一生最难也是最重要的一课。大学教育除了传授知识和技能以外，更应该担负起生命教育的重任。但是，要获得这个问题的最终解答，还需要同学们在漫漫人生路上去细细体验和感悟。

真正的人生不可能没有磨难。其实，同学们在求学期间大都有过不顺心的经历、挫折，甚至有心碎的时刻，但你们都坚强地成长起来。诸位同学还要有充分的思想准备，去应对今后生活和工作中将会出现的诸多的不完美和困难，甚至是不堪的磨难。面对挫折和磨难有两种态度，消极的逃避会使人慢慢颓废消沉下去，积极地面对却能使人获得智慧。经历了磨难才能使人傲然挺立，经历了磨难才能使人拥有生命的厚重，才能使人更深刻领悟生命的本质。在人类近代史上，一些伟大人物，包括一些著名的思想家、科学家大都经历了某些痛苦的体验，甚至濒于绝望，但他们却在悲痛和苦难中奏响了生命不屈的凯歌。那些经历对他们的生活和人生都产生了深远的影响。

同学们，生活是一本精深的书，别人的注释代替不了自己的理解，它需要每一个人自己去经历。希望同学们能以思考立身，在不完美之中寻求创造，在磨难中去体验有价值的人生，珍爱生命和生活，珍爱亲人和朋友，珍爱祖国和人民。在自觉向上的追求中，将他人的幸福和社会的进步融入己身，让自己的生命"日滔滔以自新"，始终自信地去成就有意义、有价值、有创造的未来，尽一己所能，为国家富强、民族振兴、人类进步做出努力。

我真心祝福你们的未来幸福、光明！

郑南宁　西安交通大学校长

生活是本书，需要自己经历

我们应该学会用积极的心态去面对这个仍不完美的世界。应该在面对选择的时候，努力去倾听自己内心的声音，努力去守护自己的理想，努力有所作为并坚持有所不为。

带上心中的理想和坚持出发
——在 2013 届毕业典礼上的讲话

（2013 年 6 月 24 日）

陈 群
华东师范大学校长

———————————🎤

亲爱的 2013 届毕业生同学们：

大家上午好！

今天是学校的节日，更是你们的节日，是所有关怀着你们成长的父母家人、老师学长们的节日，当然也是我的节日——今天我是第一次以校长的身份，代表全校师生员工面对毕业生们致辞，代表母校向即将远行的儿女们道别。在这绽放荣光、成就梦想的时刻，我要向顺利毕业的各位同学致以最热烈的祝贺！向为你们的成长、成才默默奉献的老师们致以最衷心的感谢！也向一直以来关心你们学习成长、支持学校工作的各位家长们致以最诚挚的敬意！

这段时间，可能是你们最为开心的日子，也是华东师大最美丽的时节。在这唱响骊歌的季节里，你们让我看到的，是"师生漫画像"里33张美丽的笑脸；是"最红毕业照"中漂浮在校园各个角落的"漂浮姐"；是"红不了"组合的原创歌曲《唱不老的师大》；是微视频"难说再见"中缓缓驶去的三号线；是奔赴五湖四海建功立业的豪情壮志；是服务基层扎根教育事业的坚定信念。我知道，这其中或许还有一些走出校园的焦虑和对未来的迷茫。但无论是快乐、痛苦、兴奋、悲伤，还是自信、忐忑、勇敢和彷徨，此刻之后，这些青春的瞬间都将化作离别的挥手。从明天起，你们就将背起行囊，开启人生旅途。

可是，挥一挥手，又怎能不带走一片云彩？

也许若干年后，你们已经淡忘了"闵大荒"的樱花烂漫，也模糊了"丽娃河"的夏雨飞烟，更想不起来教材上的公式与案例。然而，在师大的环境中所熏陶培养出的精神气质和品位修养将会伴随你们终身，支撑你们去创造一个不庸俗、不平凡的人生。

最近几年，校园里经常会有毕业二十年、毕业三十年的同学聚会，参加这些活动，聆听校友们回忆在母校学习生活的点点滴滴，每每让我感慨万千，也触发我去思考，究竟是什么铸就了师大人身上的"师大范"？为什么离开学校越久，师大人身上的师大味反而愈加浓厚。我能找到的答案是：一所真正意义上的大学，对学生的影响是潜移默化的、是深入血液的、更是会持续发酵的。对你产生影响的，也许是名师的精彩一课，也许是校园里每年数百场的讲座报告，也许是在校园里认真工作的职工给你带来的瞬间感动，也许是你同学中的某位感动师大人物，当然也有可能是你身边的一位普通教师。

最近的一个星期天上午，我在校园里碰到了几位硕士生同学，他们都推着自行车，我问他们到哪里去了，他们告诉我跟着导师骑自行车到佘山锻炼了。那一个瞬间，让我很感动。我很了解这位老师，他才华横溢，但是为人非常低调谦和，他和十几个同学共用一间办公室，和同学们一起学习、一起讨论、一起吃饭、一起打球，在帮助学生成长的同时，在我眼里看来他自己也在不断地成长。经过多年的坚持，他开发出了一整套大型仪器设备的控制和应用软件，为这种大型设备的国产化做出了关键贡献。实际上在华东师大的校园里有很多像这样身怀绝技但不求闻达，发自内心地热爱工作并关心学生的老师和职工，是他们和同学们一起在传承并创造着师大的精神和文化。

我特别喜欢"爱在华师大"的这个说法。中国有两千多所大学，我不知道有多少所大学，能有那么多人会公认一个对她所做的如此简洁的描述。"爱在华师大"这个说法中的"爱"，在不同的场合下可以有不同的解读，而我更看重的是其中所包含的"大爱"的含义，那就是对事业的爱，对学生的爱，对学校的爱，对民族和社会的爱。正是因为这种大爱，在功利喧嚣的环境中，华东师范大学始终坚持自己的传统和精神，始终坚持"智慧的创获，品性的陶熔，民族和社会的发展"的崇高理想，始终坚持对学术卓越的不懈追求。这所学校值得我们大家为之骄傲，这所学校正在一步一个脚印地向建设世界知名的高水平大学的既定目标迈进，这所学校的明天一定会让我们，让所有从这个校门中走出的人感到更加的自豪。

事实上，在"爱在华师大"的传说中，早就包含了你们的情节，包含了你们的故事。在今天这个场合，我想对你们再说一遍感谢，感谢你们选择了华东师大，感谢你们给我们留下的美好回忆，感谢你们对学校发展所做的贡献。这些年里，你们曾经倾力为世博奉献，曾经和我们一起为60年校庆欢呼，你们是中山北路的文艺青年，你们是"闵大荒"的开拓者，你们是"挑战杯"的金牌得主，你们是华东师大的优秀学子，母校感谢你们！

同学们，毕业典礼的感觉从来都是兴奋、喜悦和伤感的混合体，有些感觉也只有当你们做了教师，做了父母之后才能真切地理解。典礼之后，毕业生中的大多数同学都将会离开校园，踏上社会。在这样的场合，作为校长，也作为你们的学长，我想再送给大家几句话，供大家参考，与大家共勉。

第一句话是，多一点追求理想的情怀。当你们真正踏上社会以后，可能会发现这个世界远比你想象的来得复杂和无奈。请不要让理想与现实的差距，成为自己悲观沉沦的理由，更不要让学会生存成为随波逐流的借口。居里夫人曾说过："我们必须从一种理想主义中去寻求精神的力量。"我认为这句话在当下有着特殊的意义。我们应该学会用积极的心态去面对这个仍不完美的世界。应该在面对选择的时候，努力去倾听自己内心的声音，努力去守护自己的理想，努力有所作为并坚持有所不为。对理想的追求可以让人拥有更为积极的心态，而积极的心态不仅会给生活和工作带来更多的快乐和幸福，还最终会让我们有更多的发展机会，更大的发展空间。

第二句话是，多一点对追求卓越的坚持。在我看来，卓越并不一定是要做出惊天伟业，坚持追求卓越本身就是一种卓越，这是我自己最近在工作中的一个感悟。在追求卓越的道路上，我们不仅应该关注结果，更应该关注过程。没有对追求卓越的坚持就不会有最终卓越的成就。等一会今天典礼的特邀嘉宾会用自己的亲身经历告诉我们坚持追求卓越的意义。我想这不仅应该成为华东师大的理念与行动，也应该成为所有师大人的共同选择。

第三句话是，多一点对社会的爱。谁也无法对未来做出准确描述，但我知道的是，未来掌握在你们的手中。我更相信，你若有爱，这个社会的未来就会有爱。希望同学们能够怀揣一份对社会的爱，带着一点仰望星空的情怀，脚踏实地地为民族、为社会、为人类做一些事情。请相信，只要有一个人做，就会有一群人做，就会有更多人做。哪怕是一点点的进步，只要积少成多，聚沙为塔，"民族和社会的发展"就会因我们的爱而充满希望。

各位同学，无论在人生的道路上会有怎样的风景，请始终关注和支持你们的母校。若干年后，当大家重回母校的时候，你们会因为校园里仍然珍藏着你们最为美好、永不逝去的青春而潜然泪下，你们会发现自己和母校其实早就是荣损与共，无法分离，你们会发现你们的发展就是学校的发展，你们的未来就是学校的未来！请相信，无论世事如何变迁，这里永远是你们随时可以回来的地方，随时可以依靠的地方。母校会关注你们的发展，会为你们终身成长提供支持、提供帮助。

再见了，同学们。请你们再挥一挥手，带上师长的祝福，带上同窗的友谊，带上美好的希望，带上心中的理想和坚持，带上华东师大满满的爱！

荣誉是在人们心中的地位，而非随岁月流逝会生锈的虚荣。放弃荣誉，就是放弃脸面。请看护好你们的激情和理想，在物质和财富不断积累的时候，不要忘了让道德和荣誉与之并肩。

最后一课：荣誉至上
——在 2013 届本科生毕业典礼上的致辞
（2013 年 6 月 19 日）

钱旭红
华东理工大学校长

同学们：

今天，我们在这里隆重举行 2013 届本科生毕业典礼，与大家共同分享收获的喜悦，并预祝你们拥有美好的未来。首先，请允许我代表学校向学有所成、即将开始人生新乐章的毕业生们，送上最衷心的祝贺、最美好的祝福和最诚挚的祝愿！向为你们的成长倾注了无数心血的师长们表示崇高的敬意！向始终关爱、鼓励并支持同学们的各位亲朋好友，表示衷心的感谢！

感谢在座的各位，你们四年前选择了华东理工大学，你们的到来，使我们的校园有了新的内涵。今天，与你们依依惜别的，不仅仅是在校的师生员工，更有校园里的一草一木、一楼一宇。校园留恋着你们留下的那些冬天里的童话、春天的故事，你们爱过的、恨过的、激动的、失落的一切，都会融化在通海湖畔、青春河旁的晨雾里，滋润和丰富着华理的校园情感和校园精神！

在大学，有两节最重要的超大型课堂为大家而举办，即开学典礼和毕业典礼，以彰显各位取得的荣誉和学校对在座各位的期望。开学时，我曾提醒大家，希望大家能铭记我们的校训，毕业时，同样要提醒大家，希望大家继续铭记我们的校训。如果说，在校园里的四年，你更多的是注重勤奋求实的话，那么走向社会，你将更多的是面临如何励志明德。非常荣幸，作为校长能够给同学们上第一课，同样地作为校长，非常充满留恋地给同学们上最后一课。大学以培养国家、民族未来数十年的中流砥柱式英才为根本，以引领社会文化发展为己任。毕业生是学校在国内外的形象大使，永远的代言人，你们毕业后对国家、民族、人类的奉献，不仅仅体现着你们独立存在的价值，更体现着母校对社会的承诺和使命。

作为"90后"，你们开放、豁达、自信，你们知识丰富、视野开阔，你们思维活跃、多才多艺，你们更加敢于展示个性、表达想法。你们是华理的骄傲，你们让华理的校园更加朝气蓬勃，你们传承了华理的精神，为学校争得了荣誉。我们为你们出色的表现和获得的荣誉感到骄傲和自豪，为你们的青春喝彩。

此时此刻，作为你们的师长、朋友，我想与大家一起探讨几个经常思考的问题：当各种诱惑纷至沓来的时候，你是否依然能顶天立地、仰望星空，坚守着内心孜孜以求的执著？如果毕业后，面临着生活的暂时困窘，你是否还拥有"为天地立心、为生民立命、为往圣继绝学、为万世开太平"的壮志与豪情？当你年老时扪心自问，是否能够"不负此生"，对这一生所做过的种种选择无怨无悔、问心无愧？

为培养在校生的责任心，激发学习兴趣，点燃成才动力，近期，学校正准备设立面向全体学生的"荣誉学生"制度，并计划自今年下半年起开始试行。建立这个制度，旨在通过对学生的知识、能力、素质等方面的认可，彰显崇尚荣誉、追求卓越的价值、观念和文化，鼓励和引导学生在追求世俗名利的满足之时，更加注重追求道德的、荣誉的和形而上的完美。我们认为，在道德失范的当下，通过设立制度化的荣誉学生表彰体系，对于弘扬主流价值、激励向善向上精神、引领社会风尚、增强社会正能量、助推中国梦的实现，都具有重要的意义。

虽然你们毕业了，即将实行的"荣誉学生"制度与你们无缘，但珍惜荣誉，保持高尚的精神追求，在毕业后同样重要，可以使你们一生受益。荣誉可以在危难时焕发斗志，疲惫时驱走倦意，在犹豫时，荣誉更可以犹如强心剂一般，坚定人的意志，赋予人前进的力量。

荣誉，俗话说，就是脸面。荣誉就是你的品格，你在别人心中赢得的尊敬，你的个人魅力。俗话说，金杯、银杯，不如口碑。你们毕业后，遇到的世界远比学校复杂，而你们肩负的是父母亲朋的寄托和民族复兴的希望，因此，你们要看清并远离趋炎附势、投机钻营和巧取豪夺，而要以中华文明继承和弘扬者的身份，建立起平民贵族的精神，独立自由、勇担责任。物质享受是无止境的，过度的物质欲望会成为烦恼的来源，只有奉献才能获得真正的精神享受。

荣誉是在人们心中的地位，而非随岁月流逝会生锈的虚荣。放弃荣誉，就是放弃脸面。有人曾经悲叹：高尚是高尚者的墓志铭，卑鄙是卑鄙者的通行证。我们相信，我们年青的一代，不会让这种极端悲观的论断成为现实，你们会改变今天，创造明天。尽管每个人的能力有大小，但是在每个人的心中，荣誉应该同样至上，即使不能扭转乾坤，但至少要做到独善其身。

崇尚荣誉，尊重规律，最基本的就是尊重人性、尊重生态、尊重科学，不能挑战人性、不能戏弄生态、不能藐视科学，因为这是一切的底线。因为人性的存在，我们才成为人；因为生态意识的觉醒，我们才明白没有人能够成为神；因为科学的进步，我们才能最终摆脱愚昧。

华理人从来不缺乏激情与梦想、责任与担当，也从来没有停下追求荣誉的脚步，在服务社会民生中彰显人生精彩，在服务国家战略中屡获社会褒奖。50 年代初，新中国急需抗生素药，我校马誉澂教授等突破西方国家的技术封锁，独立自主、不畏艰难，成功研制出了新中国第一支青霉素。1965年，从麻省理工学院回来的顾毓珍教授率队研发喷动床谷物干燥设备，并在全国各地推广应用，建立了数以千计的谷物干燥基地，为科学保护和储存粮食提供了有力保障。1970年，面对困扰上海发展的能源瓶颈问题，周恩来总理提出了发展我国核电的设想——史称"728"工程。之后，我校一大批教师和校友舍小家顾大家，从祖国各地汇聚上海和秦山参与大会战，在历经 20 个春秋后，1991 年我国第一座核电站终于建成。2008 年汶川地震发生后，我校第一时间派遣社会工作队前往灾区支援。温家宝总理在视察了我校社工服务站后说："华理的社工服务做得好！"

近年来，我校还涌现出了诸如年近不惑才开始创业、12年间创立了8家企业的钟娅玲校友，见证中国网络游戏业发展历程、盛大游戏创始人之一的谭群钊校友，立志成为科学服务首席提供商的谢应波校友，致力于创建家乡绿色生态农业的"80后"硕士张李桃校友，获得上海"我最喜爱的十大人民警察"光荣称号的"80后"陈栋校友，等等。他们仰望星空、脚踏实地，励精图治、创业报国，把个人的奋斗融入到民族复兴伟业之中，在实现自身成才报国梦的同时，也为学校赢得了荣誉，为我们树立了可学可比的人生标杆和成才榜样。

我们需要铭记的是，我们的社会如果迷信救世主，就会带来或者面临一次又一次的失望和灾难；如果我们不停地倒腾，只会有不停地回光返照和循环轮回。只有从我做起，从我们每个人做起，全民的觉醒，才能真正建立一个令人敬仰向往的国度。"江山代有才人出，各领风骚数百年"。在历经一个多世纪的沧桑、屈辱与磨难后，中华民族迎来了自强自信的新纪元。中国社会正处在快速发展和深刻变革之中，方方面面的不完善、不合理乃至不公平还会有很多。你们是身担重任的一代，是建设祖国未来的一代，是创造荣誉的一代。

在这里，我为什么提到要从人人做起？比如说我们的生态问题、环境问题，有政府管理的问题、有社会的问题，但同样的，更多的是每一个人的问题。比如节能灯，所有的节能灯都是由汞蒸气做成，但我们常常在用完节能灯或节能灯坏了以后，就是随手一扔，从未想过把它们收集起来，更有甚者直接把节能灯敲碎。敲碎之后会怎样？汞蒸气会进入大气、进入田间、进入每个人的肺里。保持环境的整洁和卫生，维护我们的环境和生态，是从回收每一个节能灯、节约每一个塑料袋、捡起每一个垃圾做起的，如果把这些事情做好了，我们周围的一切，就会缓慢地、不停地发生改变。

请你们记住，离开华理，你代表的就是华理的形象，你是什么样，华理就是什么样；离开祖国，你代表的就是祖国的尊严，你的尊严、你的荣誉代表的就是祖国的尊严和荣誉。请看护好你们的激情和理想，在物质和财富不断积累的时候，不要忘了让道德和荣誉与之并肩，要超越功利，让精神追求战胜物质欲望。在日常生活中，在对与错、是与非、善与恶的抉择中，在复杂的局面中找到解决问题、改变现实的道路，推动人类进步，引领社会发展，成为民族和时代的脊梁。

"士不可以不弘毅，任重而道远"。亲爱的同学们，荣誉是一种认可，是一种激励，更是一种对崇高的敬畏。我们要珍视来之不易的荣誉，我们更要不遗余力地追求荣誉。荣誉是在荆棘里盛开的花。任何荣誉的追求，都需要付出辛劳和汗水。我们既要有"天下兴亡，匹夫有责"的胸怀，还要有"粉身碎骨浑不怕，要留清白在人间"的斗志和"长风破浪会有时，直挂云帆济沧海"的坚持。

当然，我们也应该正视荣誉。因为荣誉只是对过去的肯定，不能说明未来，荣誉既可以承载梦想，也可能成为坟墓，埋葬成功的荣光。同学们，不要让功名成阻碍，不要让荣誉成羁绊。我们的素质要更加完美，我们追求荣誉的方式要更加文明。我们要追求荣誉，我们要捍卫荣誉，我们要为荣誉而战！

亲爱的同学们，希望你们秉承华理"勤奋求实、励志明德"的校训精神，以一代代的华理前辈为榜样，倾听内心的呼唤，知足、知不足，谦和做人，踏实做事，追逐梦想，追求卓越，与时代共呼吸，与人类共命运，用责任和奉献证明自己的价值。"合抱之木，生于毫末；九尺之台，起于垒土"。只要你一步一个脚印，只要保持理性平和的心态，抵御急功近利和浮躁的情绪，继续坚持一往无前的气魄和百折不挠的勇气，无论你们今后去往哪里、身在何处、做什么工作，都将会绽放出属于你们自己的精彩，都会创造属于你们自己的荣誉！

我们不希冀我们华理的毕业生，离校若干年后，要以荣华富贵、达官显贵来荣归故里、炫耀装点校门。我们希望我们的毕业生用爱心温暖社会，哪怕在默默无闻中，在改变自我中，在改善社会、改善民生中作出踏实的无愧内心的点滴贡献。学校将因您而感动！因为，最为触动人们灵魂深处的是那些千千万万的无名英雄。

未来属于你们，荣誉属于你们！我们坚信必将如此。

谢谢大家！

要想做人，就要有好品德；要想做事，就要有好本事；要想成大事，就要有好谋划；要想取信于人，就要有好态度；要想取信天下，就要有好心气；要想勤耕不辍，就要有好身体。

临行奉送锦囊，人生追求"六好"
——在 2013 届本科生毕业典礼上的致辞
（2013 年 6 月 27 日）

方滨兴
北京邮电大学校长

同学们，大家上午好！

今天，我们在这里举行一年一度的本科生毕业典礼，虽然每年的校历都镌刻着这个日子，对教师们来说习以为常，但对你们来说却非同寻常。因为这是你们人生中一个重要的标志，是你们人生征途中的一个里程碑。不瞒你们说，这次毕业典礼对我来说也是极为特别的，因为这次毕业典礼恰逢本届校行政领导班子履职期满，这是本届领导班子最后一个本科生毕业典礼。（掌声）几个月来我一直在想，我该在这最后一次的演讲中向你们传达一些什么信息？我回想起我毕业后的工作与生活，回顾了我的人生轨迹。今天，我在最后一次以校长名义所做的毕业典礼演讲中，要向毕业生们奉送一个锦囊，以陪伴你们行走四方。这也是我今天的演讲题目：临行奉送锦囊，人生追求"六好"。

"第一好"是指要有个好品德。"地势坤，君子以厚德载物"，北邮校训的第一个词语就是"厚德"。因为"德"是做人之本，也是指导我们思维、行事的灵魂所在。一个人的善或恶、好或坏、成或败、瘦或硕，无不源自于其品德。要注意你所想的，你的想法会变成你的语言；要注意你所说的，你的语言会变成你的行动；要注意你所做的，你的行为会变成你的习惯；要注意你的习惯，你的下意识会变成你的性格；要注意你的性格，你的本性会左右你的命运。而所有这一切，其源头就是取决于你的品德。我个人对自己的要求是："举事为先、待人以诚，开拓进取、善善恶恶。"当然，我也知道"善善恶恶"并不适合于领导者，因为做领导的不能简单地爱憎分明，而需要普惠众生，包容丑恶。领导者可以"善人以善"，却不宜"恶人以恶"。

"第二好"是指要有个好本事。"本事"何来？是从学中来，从干中来。北邮校训第二个词语就是"博学"。《礼记·儒行》云："儒有博学而不穷，笃行而不倦。"就是说学者应该学无止境，锲而不舍，要苦于学习，勇于实践。当今时代是知识爆炸的时代，是新知识、新技术层出不穷的时代。量子计算、3D打印、自动内容识别、自动驾驶、自然语言问答、语音翻译、大数据、NFC支付、手势控制、物联网安全、云安全、高级持续威胁（APT）等等，都在等待我们去探索，你们需要去选择性地掌握这些知识。但是，只有拥有真本事才能驾驭这些领域。英雄气概是以"本事"为资本的，敢说

"可上九天揽月，可下五洋捉鳖，谈笑凯歌还"，那是需要有真本事的！

"第三好"是指要有个好谋划。北邮精神的第二条是"追求卓越"。要做到追求卓越，首先就是要善于规划自己，不能浑浑噩噩，做一天和尚撞一天钟。《礼记·中庸》云："凡事预则立，不预则废。言前定则不跲，事前定则不困，行前定则不疚，道前定则不穷。"没有事前的准备与计划，就不能取得期望的成果。你们应该想清楚今年我要做什么，要达到什么目标？要谋划好在现在这个岗位中要如何做，应该追求什么目标？所谓"人无远虑，必有近忧"，也是指没有长远谋划，做事必定没有章法，势必以疲于奔命的方式来应付眼前遇到的每一件事情，不能做到"有所为，有所不为"。荀子曰："计胜欲则从，欲胜计则凶。"就是告诉我们这个道理：谋事在先就会顺利，随心所欲行事就极易失败。

"第四好"是指要有个好态度。好态度首先表现在奉献和敬业中。北邮精神的第一句是"崇尚奉献"，北邮校训的第三句是"敬业乐群"，这就是号召大家对事业要严谨、认真，要有奉献精神。荀子曰："凡百事之成也必在敬之，其败也必在慢之，故敬胜怠则吉，怠胜敬则灭。"就是说，是否敬业将会决定你自己事业的成败。宋代大儒程颐说："所谓敬者，主一之谓敬；所谓一者，无适之谓一。"就是说，凡是做一件事，便要专心于一件事，将全副精力集中到这件事上头，心无旁骛，这便是敬。梁启超先生说："所以敬业主义，于人生最为必要，又于人生最为有利。"敬业包含爱业、勤业、精业、创业等多种境界，我们应该具备为社会发展而奉献的价值观。

"好态度"也可用于诠释"团结、勤奋、严谨、创新"的北邮校风。在此，"创新"是第一要义，开拓进取是我们努力追求的目标；"严谨"是核心，"规格严谨、功夫到家"是锤炼优秀科研人员的基石；"团结"是基本要求，团结协作是能干成大事的前提条件；"勤奋"是根本方法，兢兢业业是获得成功的根本保证。你们应该做到"眼勤、脑勤、手勤、腿勤"，要热爱岗位、笃学求精、献身创新，在平凡的岗位上做出不平凡的事业来。

"第五好"是指要有个好心气。这就是你们一定要有一个健康的心理，要提高自己的抗压、耐挫能力。我作为校长始终倡导我们的教职员工"对待学生要像对待朋友的孩子一样"加以关怀，所以我一直对你们就像敞开我的邮箱一样敞开心扉，有言必达、有信必回。但是，我的这一要求并没有得到教职员工的广泛认同。不赞成者认为学生从家庭到大学，就是走向了社会，他们需要认识社会，需要感受社会残酷的一面。这个残酷现实的主要表现就是，你已脱离了家庭的中心地位，社会上无人会拿你当宝，甚至能够认可你的存在就不错了。如果我们把学校仍旧打造成一个温室，温室的花朵今后焉能承受住社会的风霜雨雪？从真空进入大气中，焉能有抗毒能力？有个毕业生回校感言："老师，过去你们对我们太好了，我以为社会上都是这样子。工作后我做了甲方，没想到乙方居然敢跟我拍桌子瞪眼。你们为何不早些告诉我社会是这个样子呢？"

我收到过一个学生的邮件，向我抱怨说："学校的大叔大妈为什么总是大吼大叫的？"我在向他表示需要改善学校服务态度的同时，也告诉他要学会不受干扰，不要让此类事情烦心自己，别忘了自己的本意是来读书的，不是来生气的。

临行奉送锦囊，人生追求「六好」

201

其实与人打交道是一种学问，既要追求自己有个好心情，也要给对方一个好心情。我身边有这样一个真实案例：两个人去喝咖啡，每一杯咖啡赠送一包薯条。其中一个人想再要薯条，但不要咖啡，可是服务员说薯条只赠不卖。这个人就拿出钱来协商，同意只要比买咖啡便宜就行。服务员正在犹豫到底该收多少钱好。这时另一个人冲过来说："象征性收一些就行了，你这个人怎么这么死脑筋呢？"服务员立即把钱退回说："我不是死脑筋，按照规定就是不能卖！"这一来单买薯条是不可能了，相信你们也明白了其中的缘由。

总之，凡事一定要清楚自己原本的目的是什么，要学会掌握心理抗压的能力，要让自己在任何情况下都能"hold住"。你们好比是高速运行中的星体，不要让飞来的石子改变自己的轨道。要记住：不被他人所激怒也不去激怒他人是一种包容力，"海纳百川，有容乃大"。不被他人所左右，不随意改变既定目标是一种定力，要善于步入"不管风吹浪打，胜似闲庭信步"的儒雅境界。

"第六好"是指要有个好身体。健康是人类的财富，要注意锻炼身体、劳逸结合，要养成良好的生活习惯。我很赞成这样的说法：人生是一个巨大的数字，其中身体健康是最前面的 1，人的事业、荣誉、地位、财富、家庭、朋友等等都是 1 后面的 0，显然 0 越多数值就越大。但是，一旦前面的 1 没有了，这个数字就真的成为零了。只有保持住了身体的这个 1，后面的 0 积多了才有意义，才能体现出其价值。我们说"身体是人生的本钱"。本钱是用来投资的，不是用来挥霍的。所以你们不要随意突破自己的身体极限，任意浪费自己的本钱。不仅如此，你们还要努力增加自己的本钱。我曾经有一个很好的身体，轻易就能连续自由泳 2000 米。但由于过度透支自己的身体，同时也没有拿出足够的时间来补充，所以一场大病让我失去了能够通宵达旦工作的资本，不能再像过去一样双肩同时挑起学术、管理两副重担。这也是我向主管部门提出不再连任北邮校长职务的原因。没有一个健壮的身体，我只有放下一副担子。而你们都有着长远的未来，有着家庭、事业、孝敬父母等多副担子，所以一定要爱惜自己的身体，一辈子都要健健康康的！（热烈掌声）

同学们，今天我想跟你们说的主要意思就是：要想做人，就要有好品德；要想做事，就要有好本事；要想成大事，就要有好谋划；要想取信于人，就要有好态度；要想取信天下，就要有好心气；要想勤耕不辍，就要有好身体。希望你们记住：凡事要沉稳，要避免草率决策；做事要有恒心，要勇于承担后果。

同学们，我愿意最后一次以校长的名义告诉你们大家：我会永远用真心祝福你们！我，爱你们！

方滨兴 北京邮电大学校长

临行奉送锦囊，人生追求『六好』

法大不求你们闻达于庙堂，富甲于一方，但祈祷你们平安、幸福，要活得有尊严。心怀梦想，坚守底线，尊重规则，心存世情关怀，在生命中的任何场景和时光下都要做一个有尊严的法大人。

做一个有尊严的法大人
——在 2013 届本科生毕业典礼上的致辞
（2013 年 7 月 2 日）

黄　进
中国政法大学校长

尊敬的各位来宾、各位老师，亲爱的同学们：

大家上午好！

今天，风和日丽，雾霾尽除，是北京近日难得的好天气，可以说为我们在这里举行中国政法大学 2013 届本科生毕业典礼增添了喜气。我非常开心与穿着学士服的你们共享毕业的喜悦和自豪。作为这一切的见证人，首先，让我代表学校和全体教职员工，对所有应届本科毕业生顺利完成学业，表示最热烈的祝贺！

这一刻刻骨铭心，这一刻难以忘怀！

作为校长，我对你们今日的成长成才深感欣慰，对你们明日的鹏程万里充满期待；作为一名老师，我对今天的告别感到依依不舍，为你们即将踏上新的漫漫征程而满怀牵挂。四年前，我是和你们，2009级的同学们，在同一年加入到法大这个温暖的集体中的。四年来，我们一起接受法大精神的洗礼，一起接受法大文化的熏陶，一起建设美丽法大，一起见证法大的快速发展，一起与法大共同成长。感谢我们共同选择了法大，这来自五湖四海的缘分弥足珍贵，这凝聚四年的师生情谊此生难忘。

四年时光如同白驹过隙，悄然逝去，如今，小蝴蝶已经变成了小地球，"919"也变成了"886"，真是韶光易逝，旧时难回！但是，当我们看到你们经过四年的砥砺，一个个男生都成了高在品格、富有才华、帅在行动的"高富帅"时，一个个女生都成了白在品质、富有才情、美在心灵的"白富美"时，作为师长，作为长辈，我们甚为高兴，无比欣慰，那种"得天下英才而教之"的幸福感油然而生。

今天的毕业典礼，是学校郑重向你们告别的时刻，这既是离别伤感的一刻，更是成功喜悦的一刻。我知道，更加美好的明天、更加多彩的世界、更加成功的未来就在不远处等待着你们，但也有许许多多艰难困苦在虎视眈眈地盯着你们。其实，我们老师同你们一样，对你们的未来既充满着期待和憧憬，又惴惴不安。"生行千里师担忧"正是我们此时心境的真实写照。我们现在唯一应该做的就是说一声珍重，道说一声平安，鼓励你们勇敢地走向社会，走向世界，走向未来。

各位同学，接下来，你们将要面临的是新的机遇，但同时也是新的挑战。过去四年，在军都山下这个的小小的法大校园里，你们看惯了同学们无忧无虑的欢乐和笑脸，走出校园后，你们能否经受住社会上那人情世故的考验和势利的冷脸？你们在这里闻惯了窗外玉兰的芬芳，走出校园后，你们能否抵制住那世俗而美艳的毒花的诱惑？你们在这里听惯了老师的谆谆教诲，走出校园后，你们能否听进那逆耳的忠言？你们走上社会后就后会发现，工作加班加点可能远过于期末考试前的"刷夜"；无论前一日工作有多累，第二天你们依旧得拖起疲惫的身躯再次挤上第一班地铁去上班；单位的前辈对你们的批评可能比老师的批评更加严厉，更不留情面，而且你们根本顾不上流眼泪，你们的眼泪只能在眼圈里打转转。但无论如何，我希望大家在未来前进的道路上，必须学会坚强，要带上你们学习到的知识和本领，心怀梦想，坚守底线，尊重规则，心存世情关怀，在生命中的任何场景和时光下都要做一个有尊严的法大人，别让人低瞧了咱们法大人的干事能力和铮铮铁骨。

关于做一个有尊严的法大人，我有如下三点建议，送给同学们，与大家共勉：

一是要做到"理性平和，坚守底线"。法大的"厚德、明法、格物、致公"校训中，"格物"就有对法大人的理性要求。理性平和，就是冷静、自信、勇敢和实事求是的立场和态度，就是为人处事、处理问题时遵循事物发展的规律，就是全面认识和深入分析人和事，理智地处理问题，不冲动、不偏激、不凭感情做事。合格的法律人一定是理性的人，真正的法大人必定是理性的人。"无厘头的愤青""约架""谩骂""打小报告""写网络大字报""张贴小字报"等，永远不应是我们法大人的选择。今后，无论你们做什么工作，都要把"坚守底线"作为人生的信条，人可以不高尚，但不能没有底线；人可以有私心，但不能没有理性。底线是生命线，不能旦夕失守。坚守底线就是坚守法律的底线和道德的底线，守住求真向善至美的人生价值。

二是要记住"信仰法治，守护正义"。我们的法大是"中国法学教育的最高学府"，是法科强校。法学教育在法大占半壁江山。在这里，法治天下的精神始终是法大的精神，弥漫和浸润着这座校园，即使其他学科专业的师生也或多或少"耳濡目染，不学以能"。查士丁尼的《法学总论》开篇曾说："法学是关于正义和非正义的科学。"所以，我们可以说法学教育的使命就在于培养人们对法律的信仰，就在于提升人们对正义的认知水平，拓宽社会的正义之路，搭建通往社会正义的阶梯，培养社会正义的守护者。但在当下，我们时常看到，民主因不能制约权力而不畅，法治因屡屡背弃而不彰，正义因难以实现而不扬，党政干部、社会精英和学法律出身的人违法乱纪时有发生。一个法律人不信仰法律，不遵守法律，对法治的戕害可以说无以复加。我真诚地希望，从法大走出的每一位学子，无论你居庙堂之高，还是处江湖之远，都要信仰法治，守护正义，不以物喜，不以己悲，凭借你们的智慧与理性、勇气与良知，搭建社会正义之梯，让社会中的每个人都能登上公平正义的高地。

三是要践行"凡我在处，便是法大"。"凡我在处，便是法大"这句话是我校中欧法学院郑永流教授的名言，我不妨在这里借用一下，转赠给大家。这句话讲的是法大人对法大文化的认同，法大人对法大人身份的认同，以及法大人对法大的使命感和责任感。一所大学是由三种人组成的，即教职

做一个有尊严的法大人

207

员工、学生和校友，三者共同构成一个大学共同体。我们看一所大学办得怎么样，办得好不好，不仅要看教师的学术水平，要看生源的质量，要看职员的管理和服务水平，更要看其校友在社会上的表现，看他们对自己家庭、所在机构、自己的祖国乃至对整个人类社会的文明所做出的贡献，特别是在思想、制度、文化、科技等方面所做的贡献。一所大学校友的社会表现实际上就是这所大学办学质量和水平的体现。同学们毕业后虽然离开了法大，但你们依然是我们法大的校友，我们有一个共同的名字，那就是"法大人"，一个个有尊严的法大人。不论你们明天身在何处，哪怕是在天涯海角，你们都将是法大的名片，代表法大的精神，体现法大的气度，展示法大的风采。法大的命运与所有法大人息息相关。所以说，凡我在处，便是法大。

送君千里，终须一别。今天，在咱们最初相聚的地方话别，别有一番滋味在心头。不知道很多年后，你们会是哪般模样，有着怎样的际遇？隔了距离，隔了时间，我们也许会变成另外一副样子，但永远不变的是在法大这段美好的记忆。同学们，再见了！我真诚希望大家常回母校看一看，常到军都山下转一转，再回来看看我们可爱的法大，这所在我们生命中镌刻下深深印记的法大，这所并不宏伟壮观但亲切可爱的法大，这所并不广阔瑰丽但真实温暖的法大。"一枝一叶总关情，沃土繁花别样红。鲲鹏展翅九万里，直上云霄摘月星"。法大不求你们闻达于庙堂，富甲于一方，但祈祷你们平安、幸福，要活得有尊严。当你们在外累了、倦了、碰了壁、吃了苦，请再回来嗅一嗅法大草地的清香，抚摸一下法大斑驳的老墙，因为法大不仅仅是你们度过四年青春年华的母校，是大家身后的坚强后盾，是大家永远的精神港湾和家园！

再见了，同学们。祝你们一路、一生平安而快乐！

　　　　理性平和，坚守底线

　　　　信仰法治，守护正义

　　　　凡我在处，便是法大

黄　进　中国政法大学校长

做一个有尊严的法大人

把文凭装进口袋的是"菜鸟",把知识装进脑袋的是信鸽,而能把思考融进血液的才是雄鹰。在这知识爆炸和大数据时代,仅仅靠知识还能像过去一样改变你的命运吗?NO!思考才能改变命运!

思 考

——在 2013 届毕业典礼上的致辞

（2013 年 6 月 19 日）

薛安克
杭州电子科技大学校长

🎤

亲爱的 2013 届同学们:

毕业了,祝贺你们!祝福你们!

今天,我站在这里,高兴的同时,更多的是牵挂。我是 1977 级的大学生,当年,一张大学文凭就可以走遍天下。而今,你们却遭遇了史上最难就业年。挤在 699 万就业大军中为生计、为理想苦苦寻求。此时此刻,我很想像杜甫那样,大声疾呼:安得岗位千万个,大庇你们俱欢颜!这样的现实带给我一个深深的思考,也带给中国大学一个深深的思考,更带给中国教育一个深深的思考。

所以,临别之际,我想和大家谈谈思考。也许同学们一听就笑了：思考谁不会？思考多累啊？思考又有什么用呢？

这个时代，似乎已经无需思考。"内事不决百度一下，外事不解谷歌一番"，我们已经习惯了寸步不离电脑，习惯了与手机耳鬓厮磨。网络覆盖世界，信息湮灭一切。

这个时代，似乎已经无暇思考。大家忙于"玩人人""逛淘宝""织围脖""打网游"。为应付各种考试要背的东西太多，南一门报亭边要收的快递太多，32 号楼要约会的"甜素纯"太多。

这个时代，似乎已经无心思考。一部《泰囧》，国人盲目追捧；一曲"骑马舞"，竟然全球狂欢。微信、微博、微电影……微时代的到来，让我们的知识碎片化，需求感官化，审美娱乐化。

这个时代，似乎已经无法思考。现代人就像生活在高压锅里，面对高物价、高房价，直呼："压力山大！"难怪近期有个统计，70％的人甘于把自己归为"屌丝"。"屌丝"还需要思考吗？"屌丝"只需逆袭！

有人说：这是一个最好的时代，也是一个最坏的时代。我害怕：在这个时代，你们已习惯了不思考，习惯了只活在当下；为生存而"蜗居"，因沉溺网络而"宅居"，或缺少真爱而"独居"，成为"无梦、无趣、无痛"的"橡皮人"。我更害怕，外在的生活会压倒内心的本性，大学培养的社会精英随波逐流，成为"精致的利己主义者"。灵魂逐渐消磨，思想日益枯竭。

思考令人痛苦，甚至让人孤独，这就是所谓的"思考之痛"。但是，30 多年的社会阅历带给我的最大启迪是：人生走得越远越需要思考，社会环境越复杂越需要思考，世界变化越大越需要思考。一旦思考明白，你将会无比的轻松与快乐；一旦思考明白，你就有勇气和力量，去改变现状，去改变命运！

上个月刚刚卸任阿里巴巴 CEO 的马云，曾是我校的一名外语老师。18 年前他去了趟美国，带回来一个思考。由此起步，创建了全球最大的电子商务帝国。他的成功，源于思考！

霍金，他的身体被"禁锢"在轮椅中，可他的思想却能在广袤的时空自由翱翔，解开了宇宙之谜。他的深刻，源于思考！

春秋战国的"百家争鸣"奠定了中华传统文化的基石，"新文化运动"唤起了人们对民主和科学的追求，"真理标准的讨论"带来了思想大解放。古希腊智者运动、文艺复兴、启蒙运动，形成了西方的人本精神和文明体系。这些都源于思考！

纵观历史，横观东西，中国古代思想家老子、孔子、孟子、庄子等，西方哲学家苏格拉底、柏拉图、亚里士多德、培根等，他们的伟大都源于思考！

同学们，请记住，伟大的思考，来自思考的伟大！

笛卡尔说"我思故我在"，但我要说"我在故我思"。没有思考的读万卷书，只是浮光掠影，没有思考的行万里路，也不过是走马观花。同学们，请带着思考去远行！

把文凭装进口袋的是"菜鸟"，把知识装进脑袋的是信鸽，而能把思考融进血液的才是雄鹰！在我心中，你们，都是能搏击长空的"杭电之鹰"！

同学们，迷惘的人生需要思考。诸位是否思考过：为什么有些人没有输在起跑线，却也没有赢在终点？为什么人生机会相同，却精彩不同？我知道，你们是抱着"知识改变命运"的梦想进入大学的。我也理解，当"学会数理化，走遍天下都不怕"已成为过去时，你们会疑惑。我更明白，当知识改变命运已不再是永恒真理时，你们会迷茫。但我要告诉你们，这就是现实，那样的时代已渐渐远去。如今，人类知识总量每三年翻一番，全球信息总量每两年翻一番。同学们是否思考过，在这知识爆炸和大数据时代，在这命运多元、难以预测的年代，仅仅靠知识还能像过去一样改变你的命运吗？NO！思考才能改变命运！思考才能成就你的人生！这就是老薛的肺腑之言！

同学们，你们肯定思考过幸福。如果此时，CCTV 的小方话筒对准你，问："你幸福吗？"你会怎样回答呢？千万别告诉我你姓曾。还是像社会上流行的那样说："幸福就是：干的少，得的多；长的帅，老的慢；活的久，死的快。"不错，这是一种幸福，但我希望你们不要停留在一己之私的幸福上。海德格尔说："人，应该诗意地栖息在大地上。"我们不能为时尚而时尚，为名利而名利，为成功而成功。利益不能成为唯一的价值，道德不能当作交易的筹码！同学们，请永远不要忘记，精神与心灵才是我们最终的栖息之地！

同学们，浮躁的社会呼唤思考。2013 年的中国很不平静，网上盛传"黄浦江排骨汤"的段子，大学室友"感谢当年不杀之恩"的玩笑话，道出了多少无奈和悲哀。有人说：这是一个充满失败感的盛世。同学们，当各种负面新闻扑面而来，很多人"拿起筷子吃肉，放下筷子骂娘"的时候，很多人不相信未来的时候，你们是否也像别人一样"吐槽"、抱怨、怒骂？或者只是说："元芳，你怎么看？"我希望你们应有更多建设性的思考！

请你思考——当我们陷入 PM2.5、水污染、垃圾围城的"十面霾伏"时，如何让天更蓝、水更清？民以食为天，食以安为先，当"镉大米"等各种毒食侵袭我们之时，除了去香港买奶粉，还有没有更好的办法？当"中国式过马路""中国式吐痰""中国式离婚"等问题层出不穷时，我们离良好秩序的公民社会还有多远？

还请你思考——近百年来，为什么中国没有出过享誉世界的思想家？几十年来，为什么中国没有出过站在世界巅峰的杰出科学家？"钱学森之问"，拷问的，难道仅仅是教育的责任吗？

再请你思考——这些年，我们渴望民主、追求自由，但西方式的民主和自由真的能嫁接到中国吗？国家试图打破"赢者通吃"的局面，社会公平、正义离我们还有多远？国家弘扬生态文明、努力提升幸福感，但"增长中国"变成"美丽中国""幸福中国"还要多久？

同学们，纷乱的世界渴望思考。放眼世界，欧债危机、南海纷争、颜色革命、恐怖袭击，此起彼伏，纷繁杂乱。现在的中国，正行进在民族伟大复兴之路上，但"中国威胁论"欲静不止。中国如何和平崛起？既不能像有的大国，一直试图将自己的文化和价值观强加于人；更不能像个别小国，整天觊觎周边国家的资源。我们要思考大国的文明崛起！让中国制造、世界合作升华为中国创造、世界认同。我们要用深长的思考，去寻求文明的至高点。把"中国梦"变成时代之梦、世界之梦！

同学们，你们这一代人是实现"中国梦"的主力军！你们有思考，社会就不会愚昧；你们有方向，未来就不会迷茫；你们有阳光，黑暗就无处躲藏！

亲爱的同学们，送君千里，终有一别。此刻，我特别想效仿诸葛亮，给你们每人送上三个锦囊。但是，再好的锦囊也抵不过思考的力量。

临行没有锦囊包，只有思考将你拥抱！这就是母校！

同学们，思考致善，思考致远，思考致胜！

希望你们思考，不停思考，永远思考！

谢谢大家！

做事创业先做人，而为人当仁。平日谦虚谨慎、低调务实，做事严肃认真、爱岗敬业，待人真心实意、忠厚守信。这是受普遍认可的良好品德，也是做事创业的本钱和根基。

为人当仁
——在 2013 届毕业典礼上的致辞

（2013 年 6 月 24 日）

周泽扬
重庆师范大学校长

亲爱的老师们、同学们：

大家好！

每年的这个时候，都是我校最盛大、最热烈和最喜悦的时候。首先，我代表学校党政班子和全校师生员工，对 2013 届毕业生同学们顺利完成学业、即将开启人生新的篇章表示最热烈的祝贺！同时，也向为你们成长而默默奉献、辛勤付出的老师和家长们致以最崇高的敬意！

同学们，透过刚才的短片，我更加强烈地感受到，四年的光景，你们真的变化了！整装待发的你们，正焕发出迷人的青春光彩！我和老师们高兴地看到：你们自信了，面对史上最难就业季，你们沉着应对、直面挑战，力克群雄，获得充分认可；你们务实了，面对祖国的需要，你们义无返顾地选择基层、服务基层，立志在基层建功立业；你们淡定了，面对外界越来越喧嚣的环境，你们选择坚守书香、流连学海、潜心学问；你们稳重了，面对网络天空的纷扰，真假混杂、充满误导的情况，你们保持了清醒而不盲从；你们理性了，面对国家领土主权受到严峻的挑衅，你们选择理智捍卫国家与民族尊严；你们担当了，面对孤寡老人、留守儿童，你们奉献爱心，担负起帮扶的责任，面对玉树、雅安地震灾害，你们以多种形式体现大爱。这一切的一切，只能说明，你们成长了，成熟了！

亲爱的同学们，当四年前欢迎你们的情景还历历在目的时候，转眼间，你们就要离开了。这些日子，我脑海里一直在回忆你们四年大学生活的点点滴滴，这里，从难忘的大量信息中，我要与你们分享几点你们留给我的突出记忆。

同学们，你们是充实的！我能从艰苦的军营生活中，感受到你们的坚毅与刚强，从等候"三春湖"讲坛的长队中，感受到你们的梦想与期待；从硝烟弥漫的"选课大战"中，感受到你们的渴望与激情；从火热的实习实践过程中，感受到你们的热血与活力；从先进事迹报告会的掌声中，感受到你们的追求与志向；从经历过的国内外各种文化活动中，感受到你们的从容与骄傲；从一次次的就业面试中，感受到你们的焦虑与自信；当然，我也忧心过你们的旷课，担心过你们醉酒的危险；我也听说过你们参与了擅自将大草坪改称"情人坡"、把博望亭改称"望夫亭"的淘气，理解你们追求心仪伴侣的那份忐忑。亲爱的同学们，不管昨天怎样，你们

为人当仁

爱过的、恨过的、激动过的、失落过的一切，都将会很快融化在三春湖畔的晨雾碧波之中，丰富着重师的校园情感和文化内涵！

同学们，你们是好样的！你们用勤奋与聪慧，创造了我校研究生考取率史上最高纪录，创造了英语专业八级通过率最高纪录，成就了"挑战杯"全国大学生课外竞赛多项大奖；你们用刻苦与汗水，换来了全国教育系统庆祝建国 60 周年歌咏活动在我校成功举办；你们用热情的服务与无私的奉献，保证了全国师范大学联席会和汉语桥世界中学生中文比赛活动的成功举办；你们用全情投入，造就了学校连续四次参加"五月的鲜花"全国高校大学生文艺会演的辉煌。你们以良好的素养、不凡的表现给来校视察的习近平、贺国强、刘延东等中央领导，以及各方宾客留下了深刻的印象。而"砍柴男孩"李露的孝顺、"支教女孩"随淑敏的敬业、"追梦使者"刘霜霜的坚强等等，成为你们这届学子鲜明的文化标签。

同学们，你们令我和老师们感动与骄傲！让我再次感受到教育的效果和校园润物细无声的神奇力量。此时此刻，我很享受这种感觉，甚至有些激动和陶醉。能够有这样的心境，我要感谢你们，是你们，成就了我和所有老师们的心愿与希望。

同学们，明天你们就要远行。身为校长，我心中既为你们明日的振翅高飞充满期许，也为你们将在漫漫长路上独自拼搏满怀牵挂。在这依依惜别之际，在你们离校之前，我难免有些叮咛、嘱咐甚至唠叨。

希望大家把毕业当入学、把职场当课堂，坚持终身学习；希望大家把追求当食粮，把信心当行囊，不断拼搏进取。用你们的知识、技能和智慧去迎接新的挑战；用你们的虚心、耐心和务实去开创成功之路；用你们的信念、顽强和勇气去抵御困难和挫折。

同学们，我还想特别强调，做事创业先做人，而为人当仁！《论语》第十三章中记载了孔子和他弟子的一段对话，曰："樊迟问仁，子曰：居处恭，执事敬，与人忠。虽之夷狄，不可弃也。"这应该是为人处世的精到之言。平日谦虚谨慎、低调务实，做事严肃认真、爱岗敬业，待人真心实意、忠厚守信。这是受普遍认可的良好品德，也是做事创业的本钱和根基。有的人事业发达了，成功了，有的人失败了，失意了，从普遍意义上讲，失败并不是输在水平和能力上，而是输在为人上。浮躁与急功近利是大敌，机关算尽的小聪明是浅薄，均难以成事。要记住：小胜靠智，大胜靠德。这种为人处世的品德，无论到什么地方，都是不能丢掉的。

同学们，从今天开始，你们将以"重师校友"的身份步入社会。此时此刻，我想和大家共同来个约定：学校的老师们将一如既往地以饱满的热情和努力，将你们的母校发展得更加灿烂辉煌，让重师校友们更加荣耀和自豪；而你们，也要用百倍的努力，去拼搏去创业，为母校增光添彩，让老师们分享你们的成功与喜悦。

同学们，让我们共同努力，成就未来吧！

祝 2013 届全体毕业生前程似锦，一生平安！

谢谢大家。

周泽扬　重庆师范大学校长

为人当仁

附 录

予今长斯校，请以三事为诸君告：一曰抱定宗旨；二曰砥砺德行；三曰敬爱师友。

告诸君三事
——就任北京大学校长之演说

（1917年1月9日）

蔡元培
时任北京大学校长

　　五年前，严几道先生为本校校长时，余方服务教育部，开学日曾有所贡献于学校。诸君多自预科毕业而来，想必闻知。士别三日，刮目相见，况时阅数载，诸君较昔当为长足之进步矣。予今长斯校，请以三事为诸君告：

　　一曰抱定宗旨。诸君来此求学，必有一定宗旨，欲求宗

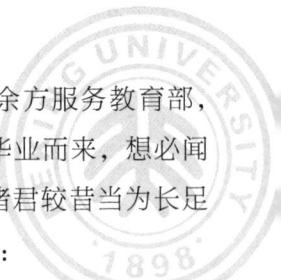

旨之正大与否，必先知大学之性质。今人肄业专门学校，学成任事，此固势所必然。而在大学则不然，大学者，研究高深学问者也。外人每指摘本校之腐败，以求学于此者，皆有做官发财思想，故毕业预科者，多入法科，入文科者甚少，入理科者尤少，盖以法科为干禄之终南捷径也。因做官心热，对于教员，则不问其学问之浅深，惟问其官阶之大小。官阶大者，特别受欢迎，盖为将来毕业有人提携也。现在我国精于政法者，多入政界，专任教授者甚少，故聘请教员，不得不聘请兼职之人，亦属不得已之举。究之外人指摘之当否，姑不具论，然弭谤莫如自修，人讥我腐败，问心无愧，于我何惧？果欲达其做官发财之目的，则北京不少专门学校，入法科者尽可肄业于法律学堂，入商科者亦可投考商业学校，又何必来此大学？所以诸君须抱定宗旨，为求学而来，入法科者，非为做官；入商科者，非为致富。宗旨既定，自趋正轨，诸君肄业于此，或三年，或四年，时间不为不多，苟能爱惜分阴，孜孜求学，则求造诣，容有底止。若徒志在做官发财，宗旨既乖，趋向自异。平时则放荡冶游，考试则熟读讲义，不问学问之有无，惟争分数之多寡。试验既终，书籍束之高阁，毫不过问，敷衍三四年，潦草塞责，文凭到手，即可借此活动于社会，岂非与求学初衷大相背驰乎？光阴虚度，学问毫无，是自误也。且辛亥之役，吾人之所以革命，因清廷官吏之腐败。即在今日，吾人对于当轴多不满意，亦以其道德沦丧。今诸君苟不于此时植其基，勤其学，则将来万一因生计所迫，出而仕事，但任讲席，则必贻误学生；置身政界，则必贻误国家。是误人也。误己误人，又岂本心所愿乎？故宗旨不可以不正大。此余所希望于诸君者一也。

二曰砥砺德行。方今风俗日偷，道德沦丧，北京社会，尤为恶劣，败德毁行之事，触目皆是，非根基深固，鲜不为流俗所染。诸君肄业大学，当能束身自爱。然国家之兴替，视风俗之厚薄。流俗如此，前途何堪设想。故必有卓绝之士，以身作则，力矫颓俗，诸君为大学学生，地位甚高，肩此重任，责无旁贷，故诸君不惟思所以感己，更必有以励人。苟德之不修，学之不讲，同乎流俗，合乎污世，己且为人轻侮，更何足以感人。然诸君终日伏首案前，芸芸攻苦，毫无娱乐之事，必感身体上之苦痛。为诸君计，莫如以正当之娱乐，易不正当之娱乐，庶几道德无亏，而于身体有益。诸君入分科时，曾填写愿书，遵守本校规则，苟中道而违之，岂非与原始之意相反乎？故品行不可以不谨严。此余所希望于诸君者二也。

三曰敬爱师友。教员之教授，职员之任务，皆以图诸君求学便利，诸君能无动于衷乎？自应以诚相待，敬礼有加。至于同学共处一室，尤应互相亲爱，庶可收切磋之效。不惟开诚布公，更宜道义相勖，盖同处此校，毁誉共之。同学中苟道德有亏，行有不正，为社会所訾詈，己虽规行矩步，亦莫能辨，此所以必互相劝勉也。余在德国，每至店肆购买物品，店主殷勤款待，付价接物，互相称谢，此虽小节，然亦交际所必需，常人如此，况堂堂大学生乎？对于师友之敬爱，此余所希望于诸君者三也。

余到校视事仅数日，校事多未详悉，兹所计划者二事：一曰改良讲义。诸君既研究高深学问，自与中学、高等不同，不惟恃教员讲授，尤赖一己潜修。以后所印讲义，只列纲要，细微末节，以及精旨奥义，或讲师口授，或自行参考，以期学有心得，能裨实用。二曰添购书籍。本校图书馆书籍虽多，新出者甚少，苟不广为购办，必不足供学生之参考。刻拟筹集款项，多购新书，将来典籍满架，自可旁稽博采，无虞缺乏矣。今日所与诸君陈说者只此，以后会晤日长，随时再为商榷可也。

研究是大学的灵魂。专教书而不研究，那所教的必定毫无进步。不但没进步，而且有退步。

学术独立与新清华
——就任清华大学校长之演说
（1928 年）

罗家伦
清华大学校长

🎤

　　在中国近代史上，革命的潮流常是发源于珠江流域，再澎湃到长江流域。但是辛亥革命的时候，革命的力量到长江流域就停顿了，黄河以北不曾经他涤荡过，以致北平仍为旧日帝制官僚军阀的力量所盘踞，阻碍了统一的局面十几年。这回国民革命军收复北平，是国民革命力量彻底到达黄河流域的第一次，这是中国历史上一个新的纪元。国民政府于收复旧京以后，首先把清华学校改为国立清华大学，正是要在北方为国家添树一个新的文化力量！

　　国民革命的目的是要为中国在国际间求独立自由平等。要国家在国际间有独立自由平等的地位，必须中国的学术在国际间也有独立自由平等的地位。把美国以庚款兴办的清华学校正式改为国立清华大学，正有这个深意。我今天在就职宣誓的誓词中，特别提出"学术独立"四个字，也正是认清这个深意。

我今天在这庄严的礼堂上，正式代表政府宣布国立清华大学在这明丽的清华园中成立。从今天起，清华以往留美预备学校的生命，转变而为国家完整大学的生命。

我们停止旧制全部毕业生派遣留美的办法，而且要以纯粹学术的标准，重行选聘外籍教授，这不是我们对于友邦的好意不重视，反过来说，我们倒是特别重视。我们既是国立大学，自然要研究发扬我国优美的文化，但是我们同时也以充分的热忱，接受西洋的科学文化。不过我们接受的办法不同。不是站在美国的方面，教中国的学生"来学"，虽然我还要以公开考试的办法，选拔少数成绩优良的学生到美国去深造；乃是站在中国的方面，请西方著名的，第一流不是第四五流的学者"来教"。请一班真正有造就的学者，尤其是科学家，来扶助我们科学教育的独立，把科学的根苗，移植在清华园里，不，在整个中国的土壤上，使他开花结果，枝干扶疏。

我动身来以前，便和大学院院长蔡先生商量好如何调整和组织清华的院系。我们决定先成立文、理、法三个学院。文学院分中国文学、外国文学、哲学、历史、社会人类五系。理学院分数学、物理、化学、生物、心理五系。我到了北平以后，又深深地觉得以中国土地之广，地理知识之缺乏，拟添设地理一系，为科学的地理学树一基础。我们不要从文史上谈论地理，我们要在科学上把握地理。至于工程方面，则以现在的人才设备论，先成立土木工程系，而注重在水利。

225

因为华北的水利问题太忽视了，在我们附近的永定河，还依然是无定河。等到将来人才设备够了，再行扩充成院。法学院则仅设政治、经济两系，法律系不拟添设，因为北平的法律学校太多了，我们不必叠床架屋。我们的发展，应先以文理为中心，再以文理的成就，滋长其他的部门。文理两学院，本应当是大学的中心。文哲是人类心灵能发挥得最机动、最弥漫的部分。社会科学都受他们的影响。纯粹科学是一切应用科学的基础，也是源泉。断没有一个大学里，理学院办不好而工学院能单独办得好的道理。况且清华优美的环境，对于文哲的修养，纯粹科学的研究，也最为相宜。

要大学好，必先要师资好。为青年择师，必须破除一切情面，一切顾虑，以至公至正之心，凭着学术的标准去执行。经改组以后，留下的十八位教授，都是学问与教学经验很丰富而很有成绩的。新聘的各位教授，也都是积学之士。科学是西洋的，科学是进步的，所以我希望能吸收大量青年而最有前途的学者，加入我们的教学集团来工作。只要各位能从"尽心教学，努力研究"八个字上做，一切设备，我当尽力添置。我想只要大家很尽心努力，又有设备，则在这生活比较安定的环境之中，经过相当年限，一定能为中国学术界放一光彩。若是本国人才不够，我们还当不分国籍的借才异地。一面请他们教学，一面帮助我们研究。我认为罗致良好教师，是大学校长第一个责任！

至于学生，我们今年应当添招。我希望此后要做到没有一个不经过严格考试而进清华的学生；也没有一个不经过充分训练，不经过严格考试，而在清华毕业的学生。各位现在做了大学生，便应当有大学生的风度。体魄康强，精神活泼，举止端庄，人格健全，便是大学生的风度。不倦地寻求真理，热烈地爱护国家，积极地造福人类，才是大学生的职志。有学问的人，要有"振衣千仞冈，濯足万里流"的心胸，要有"珠藏川自媚，玉蕴山含辉"的仪容，处人接物，才能受人尊敬。

关于学生，我今天还有一句话要说。就是从今年起，我决定招收女生。男女教育是要平等的。我想不出理由，清华的师资设备，不能嘉惠于女生。我更不愿意看见清华的大门，劈面对女生关了！

研究是大学的灵魂。专教书而不研究，那所教的必定毫无进步。不但没进步，而且有退步。清华以前的国学研究院，经过几位大师的启迪，已经很有成绩。但是我以为单是国学还不够，应该把他扩大起来，先后成立各科研究院，让各系毕业生都有在国内深造的机会。尤其在科学研究方面，应当积极的提倡。这种研究院，是外国大学里毕业院的性质。我说先后成立，因为我不敢好高骛远，大事铺张。这必须先视师资和设备而后定。二者不全，那研究院便是空话。我上面指出来要借才异地，主要的还是指着研究院方面。老实说，像我们在国外多读过几年书的人，回国以后，不见得都有单独研究的能力。交一个研究实验室给他，不见得主持得好；不见得他的学问，都能追踪本科在世界学术上最近的进步；不见得他的经验和眼光，能把握得住本科的核心问题。所以借才异地是必要的。不过借才异地的方法，不能和前几年请几位外国最享盛名的学者，来讲学一年或几个月一样。龚定庵说"但开风气不为师"。这种方法，只是请人家来"开风气"，而不是来"为师"。现在风气已开，这个时间已过。我心目中的办法，不是请外国最享盛名的人来一短期，而是请几位造诣已深，还在继续工作，日进未已，而又有热忱的学者，多来"为师"几年。在这期间，我们应予以设备上和生活上的充分便利，使他安心留着，不但训练我们的学生，而且辅导我们的教员。三五年后，再让他们回国，他们经营的研究室和实验室，我们便可顺利的接过来。我认为这是把科学移植到中国来的最好的办法。但是这需要不断的接洽，适当的机会，不是一下可以成功的。假以时日，我一定在这方面努力进行。

一切近代的研究工作都需要设备。清华现在的弱点是房子太华丽，设备太稀少。设备最重要的是两方面，一方面是仪器，一方面是图书。我以后的政策是极力减少行政的费用，每年在大学总预算里规定一个比例数，我想至少20％，为购置图书、仪器之用。呈准大学院，垂为定法，做清华设备上永久的基础。我想有若干年下去，清华的设备，一定颇为可观。积极添置设备，是我的职责。但是我希望各院系动用设备费的时候，要格外小心。我们不能学美国大学阔绰的模样。我们的设备当然不是买来摆架子的。我们也不能把什么设备弄得"得心应手"以后，才来动手做研究。我们要看英国剑桥大学克文的煦物理实验室的典型。这个实验室在1896年方得到一次4000镑的英金，扩充他狭小的房屋及设备，1908年才另得一项较大的数目，7135镑英金，用以添置设备。当1919年大物理家卢斯佛德（Rutherford）教授主持该实验室的时候，每个部门的研究费每年不过50镑，而好几位教授争这一点小小的款子，来做研究。但是这个实验室对于世界科学的贡献太大了！

我站在这华丽的礼堂里，觉得有点不安，但是我到美丽的图书馆里，并不觉得不安。我只嫌他如此讲究的地方，何以阅书的位置如此之少。所以非积极扩充不可。西文专门的书籍太少，中文书籍尤其少得可怜。这更非积极增加不可。我以为图书馆不厌舒适，不厌便利，不厌书籍丰富，才可以维系读者。我希望图书馆和实验室成为教员学生的家庭。我希望学生不在运动场就在实验室和图书馆。我只希望学生除晚上睡觉外不在宿舍！

　　至于行政方面人员的紧缩，费用的裁减，我已定有办法。行政效率不一定是和人员之多寡成正比例的。我们要做到廉洁化的地步。我们要把奢侈浪费的习惯，赶出清华园去！

　　还有一件事我不能不稍提一下，就是清华基金问题。几个月前我担任战地政务委员主管教育处来到北平的时候，知道一点内幕。我现在不便详说。其中四百多万元的存款，已化为二百多万元。有第一天把基金存进银行去，第二天银行就倒闭的事实。这不是爱护清华的人所忍见的。我当沉着进行，务必使他达到安全的地步。这才使清华经济基础得到稳定。各位暂且不问，这是我的责任所在。我更希望清华改为国立大学以后，将来行政隶属上，更能纳入大学的正轨系统，使清华能有蒸蒸日上的机会。

　　总之，我既然来担任清华大学的校长，我自当以充分的勇气和热忱，要来把清华办好。我职权所在的地方，绝不推诿。我们既然从事国民革命，就不应该有所顾忌。我们要共同努力，为国家民族，树立一个学术独立的基础。在这优美的"水木清华"环境里面。我们要造成一个新学风以建设新清华！

罗家伦　清华大学校长

学术独立与新清华

229

一个大学之所以为大学，全在于有没有好教授。所谓大学者，非谓有大楼之谓
也，有大师之谓也。

大学之大在于大师
——就任清华大学校长之演说

（1931 年 12 月 2 日）

梅贻琦
清华大学校长

　　离开清华，已有三年多的时期。今天在场的诸位，恐怕
只有很少数的人认识我吧。我今天看出诸位里面，有许多女
同学，这是从前我在清华的时候所没有的。我还记得我从前
在清华负责的时候，就有许多同学向我请求，开放女禁，招
收女生。我当时的回复说，招收女生这件事，在原则上我是
赞成的，不过在事实上，我认为尚需有待。因为男女的性别
不同，有许多方面，必须有特别的准备，所以必须经过相当
的筹备，方能举办。现在在我出国的三年内，当然准备齐全，
所以今天有许多女同学在此，这是本人所深以为慰的。

　　本人能够回到清华，当然是极高兴、极快慰的事。可是
想到责任之重大，诚恐不能胜任，所以一再请辞，无奈政府

方面，不能邀准，而且本人与清华已有十余年的关系，又享受过清华留学的利益，则为清华服务，乃是应尽的义务，所以只得勉力去做，但求能够尽自己的心力，为清华谋相当的发展，将来可告无罪于清华足矣。

清华这些年来，在发展上可算已有了相当的规模。本人因为出国已逾三年，最近的情形，不很熟悉，所以现在也没有什么具体的意见可说。现在姑且把我对今后的清华所抱的希望，略为说一说。

第一，我先谈一谈清华的经济问题。清华的经济，在国内总算是特别的好，特别的幸运。如果跟外国大学的情形比起来，当然相差甚远，譬如哥伦比亚大学本年的预算，共有三千六百万美元，较之清华，超出不知多少。但比较国内的其他大学，清华的经济，总不能算少，而且比较稳定了。我们对于经济问题，有两个方针，就是基金的增加和保存。我们总希望清华的基金能够日渐增多，并且十分安全，不至动摇清华的前途。然而我们对于目前的必需，也不能因为求基金的增加而忽视，应当用的我们也还得要用，不过用的时候总要力图撙节与经济罢了。

第二，我希望清华今后仍然保持它的特殊地位，不使坠落。我所谓特殊地位，并不是说清华要享受什么特殊的权利，我的意思是要清华在学术的研究上，应该有特殊的成就，我希望清华在学术方面应向高深专精的方面去做。办学校，特别是办大学，应有两种目的：一是研究学术，二是造就人材。清华的经济和环境，很可以实现这两种目的，所以我们要向这方面努力。有人往往拿量的发展，来估定教育费的经济与否，这是很有商量的余地的。因为学术的造诣，是不能以数量计较的。我们要向高深研究的方向去做，必须有两个必备的条件：其一是设备，其二是教授。设备这一层，比较容易办到，我们只要有钱而且肯把钱用在这方面，就不难办到。可是教授就难了。一个大学之所以为大学，全在于有没有好教授。孟子说："所谓故国者，非谓有乔木之谓也，有世臣之谓也。"我现在可以仿照说："所谓大学者，非谓有大楼之谓也，有大师之谓也。"我们的智识，固有赖于教授的教导指点，就是我们的精神修养，亦全赖有教授的 inspiration。但是这样的好教授，绝不是一朝一夕所可罗致的。我们只有随时随地留意延揽而已。同时对于在校的教授，我们应该尊敬，这也是招致的一法。

第三，我们固然要造就人材，但是我们同时也要注意利用人材。就拿清华说吧，清华的旧同学，其中有很多人材，而且还有不少的杰出人材，但是回国之后，很少能够适当利用的。多半是用非所学，甚且有学而不用的，这是多么浪费人材的一件事。我们今后对于本校的毕业生，应该在这方面多加注意。

第四，清华向来有一种俭朴好学的风气，这种良好的校风，我希望今后仍然保持。从前清华在外间有一个贵族学校的名声，但是这是外界不明真相的结果，实际的清华，是非常俭朴的。从前清华只有少数的学生是富家子弟，而大多数的学生却都是非常俭朴的。平日在校，多是布衣布服，棉布鞋，毫无纨绔习气。我希望清华今后仍然保持这种良好的校风。

第五，最后我不能不谈一谈国事。中国现在的确是到了紧急关头，凡是国民一份子，不能不关心。不过我们要知道救国的方法极多，救国又不是一天的事。我们只要看日本图谋中国的情形，就可以知道了。日本田中的奏策，诸位都看过了，你看他们那种处心积虑的处在，就该知道我们救国事业的困难了。我们现在，只要紧记住国家这种危急的情势，刻刻不忘救国的重责，各人在自己的位置上，尽自己的力，则若干时期之后，自能达到救国的目的了。我们做教师做学生的，最好、最切实的救国方法，就是致力学术，造成有用人材，将来为国家服务。

今天所说的，就只这几点，将来对学校进行的事项日后再与诸君商榷。

（原载《国立清华大学校刊》第 341 号）

大学并不是贩卖毕业证书的机关，也不是灌输固定知识的机关，而是研究学理的机关。

大学是研究学理的机关

——在第二十二年开学式上的演讲

（1919年）

蔡元培
时任北京大学校长

🎤

今日为北京大学第二十二年的开学日，新到诸生差不多占四分之一。本来旧生所知道的，也当为新生申说大概。况此次学潮以后，外边颇有谓北京大学学生专为政治运动，能动不能静的。不知道本校学生这次的加入学潮，是激于一时的爱国热诚，为特别活动，一到研究学问的机会，仍是非常镇静的。外边流言，实是误会。但是，我们也不可不作"有则改之、无则加勉"的打算。所以，我现在把北京大学的教育方针说说，不但给新生指示趋向，也是为旧生提醒一番的意思。

诸君须知，大学并不是贩卖毕业证书的机关，也不是灌输固定知识的机关，而是研究学理的机关。所以，大学的学生并不是熬资格，也不是硬记教员讲义，是在教员指导之下自动地研究学问的。为要达上文所说的目的，所以延聘教员，不但是求有学问的，还要求于学问上很有研究的兴趣，并能引起学生的研究兴趣的。不但世界的科学取最新的学说，就是我们本国固有的材料，也要用新方法来整理他。这种标准，虽不是一时就能完全适合，但我们总是向这方面进行。又如图书、杂志、仪器、标本，研究学理上所必不可少的，我们限于经费，虽不能一时购置完备，但也是逐年增加的。且既然认定大学是研究学理的机关，对于纯粹学理的文理科，自当先做完全的建设。我们因文理科尚有许多门类，为经费与地位所限，不能一时并设，所以，乘北洋大学同是国立，同有土木工科、采矿冶金科的关系，把工科归并北洋。即用工科的经费与教室、实验室，来扩充理科的一部分。研究学理，不可不摒除分心的嗜好，所以，本校提倡进德会，对于嫖赌的恶习，官吏议员的运动，是悬为戒律的。研究学理，必要有一种活泼的精神，不是学古人"三年不窥园"的死法能做到的，所以，本校提倡体育会、音乐会、书画研究会等，来涵养心灵。印证学理的材料，都是直接或间接有关于人生。研究学理的结果，必要影响于人生。倘没有养成博爱人类的心情，服务社会的习惯，不但印证的材料不完全，就是研究的结果也是虚无。所以本校提倡消费公社、平民讲演、校役夜班与《新潮》杂志等，这些都是本校最注重的事项，望诸君特别注意。

抑本校很愿多延各国硕学来校讲授，惜机会很不易得。今年适值杜威博士来华游历，本校得博士与哥伦比亚大学校长的允许，得请博士留华一年，在本校讲授哲学，这是很难得的机会。所以，今日特请博士演说，并先为介绍。

（据 1919 年 9 月 22 日《北京大学日刊》）

蔡元培　时任北京大学校长

大学是研究学理的机关

235

教授责任不尽在指导学生如何读书，如何研究学问。凡能领学生做学问的教授，必能指导学生如何做人。

教授的责任

——在开学典礼上的讲话

（1932 年）

梅贻琦
清华大学校长

今天是本校本学年开始上课的第一天，新旧教授及新旧同学到校不久。今天藉行开学礼的机会，使师生们大学聚会见面，同时各同学可以领略各位教授的教言，这是我们最可欢欣的事。本校在过去一年间，正值国难临头、风云紧急的时期，但国势虽如此危亟，本校校务、功课各方面，均尚能照常进行，未因时局关系，而致稍有停滞，此诚值得我们庆幸自慰的。至于本学年未来之一年中，能否仍照这样安安静静的读书，此时自不可知，此后惟有大家在校一天，各人本其职务上应当做的事，努力尽其责任而已。

本校今年收录新生之多，为历年所未有。各地学校或受时局影响，或缘特殊原因，使一般青年求学问题发生困难。

故今年投考本校者，亦较前激增。本校尽力之所及，特别增加名额，俾多于外间同学一求学机会。现在新同学，竟占全体学生三分之一，其中因素因习惯不同，以及所受训习之各异，在团体中难免有参差不齐之处，希望新旧两方面融合起来，共同保持清华以往良好的学风。我们也相信清华也有很多应行改良之处，我们亦要设法纠正，其固有之优点，大家亦要爱护保持。

园内生活之安适，读书研究之便利，大可闭起园门，埋首用功，不必再问外事。但大学不要因自己环境之舒适，而忘怀园外的情形。在中国今日状况之下，除安心读书外，还要时时注意到国家的危难。吾们如果要像欧洲中世纪僧院的办法，是绝对做不到的。但我们要纾难救国，不必专以开会宣传为已尽其责。宣传效果之如何，是大家所共知的。我们应该从事实上研究怎样可以得到切实有效的方法，帮助国家做种种建设的事业。这样才可能把学问做活了。我们的学生将来才能成为社会上真有用的人才。凡一校精神所在，不仅仅在建筑设备方面之增加，而实在教授之得人。本校得有请好教授之机会，故能多聘好教授来校。这是我们非常可幸的事。从前我曾改易《四书》中两语："所谓大学者，非谓有大楼之谓也，有大师之谓也。"现在吾还是这样想，因为吾认为教授责任不尽在指导学生如何读书，如何研究学问。凡能领学生做学问的教授，必能指导学生如何做人，因为求学与做人是两相关联的。凡能真诚努力做学问的，他们做人亦必不取巧，不偷懒，不作伪，故其学问事业终有成就。

（编者注：本文略有删节）

梅贻琦　清华大学校长

教授的责任